Tsutsui Tomie

筒井富栄
全歌集

六花書林

1980年頃、八ヶ岳にて

筒井富栄全歌集　＊　目次

装幀　真田幸治

筒井富栄全歌集

未明の街

一九七〇（昭和四十五）年十月一日　現代詩工房　刊

序

作品をちょっとよみはじめていけばすぐわかることだが、こういった短歌が、いままでにいったいあったであろうか。軽快なリズム、諧調といってもいい、そしてそれは、こころよいというだけでなく、コトバと意味がたいへん新鮮にぼく達に、特に若い、若くありたい人達の心に、よびかけてくる不思議な力を持っている。

かつてこのような諧調があったとは思わないというだけでなく、この作者のほかにはこのような歌い方はありえないようにも思う。それほど独特な新しい短歌リズムをこの作品集はかなでているのである。

あるいは、短歌定型が長く持ち来った短歌リズムのあのまろやかさ、温潤な美しさに、早くから抵抗を感じて自らはじめた工夫だったのだろうが、実際はリズム以前にこの作者の資質というか、性格的なものもあった、とぼくは思っている。そして実はそれが何よりも、戦後を生きてきた時代への、意志的なあるさわやかな、潔い抵抗のかたちだった、といった方があたっているのかもしれない。

軽短歌、と一口にいっても誤解がさきに来そうだが、短歌の背負って来た長い伝統の中からこういった、いえば異質なポエジーを新しく形象化したことに、おおげさにはいいたくないが、たしかにひとつの意義があるといっていいのではないか。

実は、作者は率直に「国のために死ねと昨日まで教えこまれていたのだが、敗戦、自由、食糧不足、ヤミ市、ETC……。しかし、それらの出来事が、侵蝕し得なかった部分を私はうたいたかった。それは同時に自分自身への抵抗でもあった、(あとがき)と自ら言っている。まあこの辺を深く論ずる遑はいまはないが、ただここではこういった歌い口の短歌が、現代短歌のなかにあってもいいのではないか、いやむしろ、ここまで徹してあのでれ〳〵した短歌抒情、または深刻じみたにが虫抒情に反抗する、いわゆる軽短歌なる一風が当然あってもいいのではないか、と思うのである。

ところでいっぽう、このいつまでも若さをうしなわない作者が、いま婚家で親御さんのもとに二人の子供をそだてながら、ご主人と彼女らしい今日の生活をちゃんと営み、かたわらすぐれた染色教授にたずさわり、且つ、いやかつではなく、まさしくその精神生活の主流として短歌を歌いつづけている、という現実を、もうひとつ彼女の作品との根底における大事な連関としてぼくはいつも思っていることを、つけ加えておきたいのである。

さてこの様な作風も少しずつ微妙に変化していっている。結婚前と結婚後と、つまり子守唄などの一連をさかいに、しかし、この歌集は、これからどのように変化していくか、たいへん興味のあることである。が、おそらくこの詠風は急に変るものでもないだろうし、へんに変ってほしくもないが、同時に次第にまたかつてないようなかたちを彼女自身つくりあげていくような気もして、たのしくてならないのである。

そういった意味で、忌憚のない、そして親身の批評を多くの方々からお寄せいただきたく、まだ〳〵これからという作者、なにはともあれ、これを機会に一層の努力を重ねて、次の新しい飛躍を遂げてくれるよう期待してやまないのである。

加藤克巳

目次

序　加藤克巳　9
わが誕生日　17
誰か詩を　18
褐色の六月　20
スタッカット　22
碧きオリーブ　23
ロマネスク　24
遠い海の唄　28
神　話　29
夏の末裔　32

遠景の黒　34
八月花　38
地下街　39
夜の汽車　42
虹色の鳩　43
幻影の狩　44
剝製の魚　46
雪の中の　47
消えるコザック　48
風が吹く　49
晩　夏　50
風に響る　52
子守唄 I　53
子守唄 II　54

子守唄 Ⅲ　55
AT MUSEUM　56
冬と鳥　57
砂の馬　59
わが荒野　60
夏の終りに　62
わが街のイブ　63
われら今　64
にじむ夜明け　66
ある季節　68
幻影都市　69

あとがき　73

わが誕生日

雲のない背景　垂直　鉄梯子　のぼりつめたる生命《いのち》　芥子色
吊された月を叩いて凪にげる　からからかわいたわが誕生日
左肩下げての速い流し目を素通りさせて煙草二本目
行く先の異なる旅券もつ旅客鎖なってる牡蠣色埠頭
傷ついた鯱泡だちの海を切り消える行手に空が焼けてる
一打ずつ冷気ふるわすあの銅鑼をうちにだんだん凝固する我
沈んだ愛が海の底からうきあがるくらげみたいな月がのぼって

空間に火花　華麗に燃えおちて悔なき夜といいし人あり
われとわが傷つきし夜は月赤く影とよりそいからんであるく
メフィストに影を売りたく思う夜の街一杯に花の香の満つ
すきとおるガラスのきのこ型の傘　ムチで鳴らして真夜中をゆく
バラの実のふるえる夜のドラム・ソロいましんしんと〈時〉を失う

誰か詩を

ママ人形西陽の窓に目をつぶり褪せた日除けとうごかない雲
誰か詩を。言葉もたないシャンソニエ扉のそとで一人ねてます

ふらんすの海岸の名の香水が売れて都会の夏は終った

カラッポな旅行鞄《トランク》　赤い高架線　片道切符昼の出発

けものみたいに若者朝をかぎまわる街角に潮の匂いなし

ギャロップで五月の花をけちらせば我が青春は切りたった崖

バルコニー日除けの下でだんだらに恋がそまって避暑客も散る

ただ太陽と風ばっかりの町がある　貝殻草を植えてはみたが

ハッカの匂いのくちづけ楡を渡る風もえろひまわりのように愛

街路樹からうたがしたたりそのうたにぬれながらいく　心かわく日

むぎばたけのむこうで雲がくずれる日　たしかめる　ひまはなかった
ひとりのせていってしまったバス　思い思いに空をみる
〈ゴンドリエ〉　このひびきもつ言葉ききゆらりかたむく愛　夏の日の……
ゆっくりと恋唄流す若者にいつか丁字の匂う日も暮れ

褐色の六月

落日よからんで欲しい褐色のわたしの胴にもえる六月
ひからびた唇よせる若者と　終日とおい雷をきく
ブドウ酒色に街がうつむく夕方はひそかにてれてかわききりたい

沈みきれぬ　虫くいリンゴの自転　河口《かこう》ゆっくり陽が落ちる

夜を聞く　風は軌道をもっている　螺旋階段　うたう六月

左舷かたむいたままで　空をやくきのこぐも　海　とおい沈黙

夜光虫　からっぽな貸ボート屋の爪さきのめりこんだあしあと

すべて後手　光の夜を押しわけて低く自分に唄をきかせる

カーコートさりげなく着るその下に紋章のような失意やきつけ

きざまれた赤蕪《ラディッシュ》　水に放つとき革命の列声なくとおる

手袋をうらがえしぬぐいいまは白夜かつては光る朝もあったが

もつれあい非常階段のぼるときわれらのための夜はみじかい

荒々しく今日一日を引きちぎり白い朝《アシタ》を無理に信じる

スタッカット

高圧線　風　青い麦　一冊のサラ・ディーン　まだ新しい麦わら帽子

ブラインド　午睡《ひるね》　オーデイコロン　蒸しタオル　電話　街の灯　白い外出

煙草　夕暮　青い灰皿　シルエット　二つのレモン　低い唄声

モデルシップ　豪雨　落ちている鍵　ぬげた靴　空間　(四一)　一六九五

花の多い店　シャーペット　すれちがうウインド越しの街の人　水銀柱　35℃

雨上り　回転木馬　昇る月　黒い風船　つながれた犬
むかい風　貨物船《カーゴ》　こぼれた小麦粒　夕陽　ハミング　あがる起重機

碧きオリーブ

コルシカの海をまぶたのうらにもち冬枯れにかじる碧きオリーブ
沈む陽を追いたしし　かしこの腕は肩組む群の中でうごかず
かつては肩に隼飼いし若者が旅芸人等《サルタンバンク》の群に紛れる
コルシカの剣もつ友に復讐の血の逆流と似たる夕焼
鏡のうらにさわやかな貌かくしもち牡蠣色にぶき自画像をさく

舗道にビルの影さしうたがいはこの日暮れゆるやかににじみひろがる

右肩がいたみ山茶花ふるえる日曇天人はとおくあり

牡蠣にひそむレモンの酸味ひろがりて傷みの如し人を待つ刻

ロマネスク

西銀座午前十時インコの虹色の羽根あらう若者

ベゴニアの鉢を抱えてはねながらホテル・ボーイの消える裏口

自転車にとりかごのせて若者がすいこまれゆくホテル・マロニエ

ほの暗いロビーに吊すカナリヤのごきげんをとり今日がひらける

わらわれて振りむきざまに睨む目をうけて少女はキス投げてくる
小鳥売る店に混血児グエンダリーナ餌かうふりで若者を追う
とりかごの間からのぞく碧い目に知らぬ顔するすねた若者
銀座　土曜　店主に肩を叩かれて駈けだせば二人をまっている海
逃げる少女を追う若者に日の反射海とヒカリともえるくちづけ
母を知らぬ二人に海が満ち潮のうたを教えてむかい風吹く
グエンダリーナ水平線に燃える雲崩れて重いあいというもの
そうしていつか海が二人をねむらせる沈んだあいのうたのシラブル

手探りでもとめるあいをつなぎ得た記憶を深く砂に埋める

燃える雲モームの原書よむ少女離れて彼のおそい朝食

セロリ嚙む少女の不意に瞳をあげてくりかえし問う〈あいはたしか？〉と

めまいの如く少女恋うとき若者はくさりで鷹をしっかりとまく

小鳥の死それは小さなロマネスク二人のあいの隅に葬る

ウインドに花が流れる若者と少女がゆがむ銀座雨の日

シャム猫の目をもつ少女果樹の下ひそやかに吸う春の大気を

音たててナイフを開き若者は頭文字きざむ春の舗道に

はなしがたいこの掌サファイアの如き人高速道路の夜は深く蒼し
どこかでとおくさよならを聞いたひるの店彼のつっきる街は銀色
空をうつす回転扉音もなくまわりつづけて今日の夕やけ
カラカラと貝殻を山につみあげてあの虹色の海を消す夜
かつてあいをきざんだ舗道街路樹は涙のごとき樹液にじます
土曜日のいつもと同じ午後三時つかれてうつる蒼き雑踏
みあげれば海を想わす空がある都会の隅の春の日だまり

遠い海の唄

なぜ撃たれたかわからないまま山鳩の瞳孔ひらき朝がくずれる
茄子のはなあの若者の瞳ににてる　横浜あの日　雨に煙った
芥子粒ほどの血痕のあるシャツを着て若者は街で恋をひろった
雄大な日没が夏にうった終止符　感傷のないふりをする仲間
坂の街〈じゃ　また〉　遠い海の唄　しまいこまれた麦わら帽子
この道のさきに夕陽はころげおちひとはみなとおい　うたもない
かたちのないたしかな愛をわたされるビル街　二百二十日

どの時計もあわない真昼切り売りの生活がいま街にあふれる

神　話

黒人霊歌ある日きこえて骨をやむカルテしずかに窓ぎわにおく
野いちごのしげみ二人のくちびるの間で溶けるこうばしい夏
ひまわりの芯をこがして陽は真上夏のベッドにねむる二人に
細いズボンポケットに本を押しこんで朝海ぞいをゆっくりといく
夜明け前帆柱きしみこの入江合歓の大樹の下でのめざめ
若者はあのフルートを今日も吹き砂丘しずかにかげりはじめる

ヘッドライトが遠い国道流れすぎ満ちてくる潮　無言の対話
海うねり若者の燃える瞳の中を雲はゆっくり横切っていく
暗緑の海と干潟と幻想の夏の海の日まわる日時計
戦いはすでに叙事詩にきざまれて銃眼は風の細い通路か
あじさいからしたたる青い雨うけて幻影の中の裸身のアポロ
光り魚ひとつかついで海にたつ熱風《フェーン》の中でもとめよう　彼
銃眼でのぞかれる海に彼といて今朝ぴったりと射程に入る
もりの先のそりかえる魚の痙攣の痛みをわけて乾く血痕

爽やかな笑顔で彼のやってくる砂丘よ今朝はゆるく崩れる

ネプチューンのさしのべる腕を霧がまくローズマリーの花開く夜

不猟の夜岩肌は昼の熱気もち樹海に彼の放った銃火

氷河期の凍った星か彼の瞳は底ごもる海にむけられたまま

やがてくるモンスーン何に祈らんか海溝にみしらぬ魚浮き上り

病める夏ウルトラマリン人ひとり埋めるほどにほられた砂丘

この夏を忘れさせないために断つ八月の海に彼との寓話

夏の末裔

アンスリュームの花ひらくあさ地下街にボイラーマンの火傷　悪化す
ビルの角ひっそりとたつ青年と樹液ふきだしはこばれる楡
地下街の閉鎖をつげるざわめきもすりぬけてゆく午後のマンション
短く笑う青年の腕の中にいて一幕三場のシナリオを生む
彼の沃野に四肢をのばしてねむる夜水銀灯にうかぶわが街
陽を背負い丘にたつ彼その位置をうごくな雨期をおくらすために
両腕を青年の首にまわすとき湧きあがる雲　影と光と

死者まねる青年に牛の首ささげわらいあうわれら　夏の末裔
彼若くプラチナの月しなうムチ警邏の夜に海がふくらむ
石だたみ　霧にまかれる詩人あり　午前三時の僧院の鐘
一羽の鳩　飼いならせずに夏はすぎ海鳴りの中の城よ　わたしの
もういない　球形の部屋にあおい人　きんようび　ダミアの雨が降る
風がざわめく楡の木の枝その下に傷口をなめるやさしい牡牛
街灯を消して二人は肩をくむ　ためらいながら燃える銀河よ
群集にまぎれても彼ら一瞬の消せない記憶　わけてもつ

なぜ　ひまわりは花芯伏せてさく　まひるはげしくもえる地点で

遠景の黒

凍死した犬のかたわら降誕祭　真紅のイエスの空にむいた瞳
大時計その針に雪のせたまま　この街　塔の上でうごかず
愛に似ていた夜の傾斜は若者の胸にはりつき　海は荒れる
ひきたてのコーヒーだけがあたたかい　わかれわかれに帰った午後を
誰よりもこの冬は寒いみひらいた瞳の中に青い蝶が孵化して
黒と白　まだらな道化人形を雪はうずめるそのひたいから

片目をあけるとそこにはいつも夜がある　あたためた胸の鳩はとばさず
いつからか　かわいた瞳もつ牡牛知り凍る季節の遠景の黒
きらめいて墜ちゆく血のとりたちの残したうたで開く　夏
爽やかに野菜が匂うこの朝をユダの育ってゆく夏　寒い
盲目の少年　馬を走らせる海岸線を点になるまで
ドラム・ソロ肉体できいて青年はとじた瞼のうらがわもやす
ひかる塩　死魚とパセリと　彼はいま裸身に賭けて明日をひろげる
サキソフオン　戦わずひとり帰る日の胸にまつわる　夏赤く濡れ

若者の群がつっきるこの街にふみにじられた昨夜の詩論
雲が西に流れるときは枯草に埋って思う西に行こうと
鳥たちの残したうたでうずまったひとりの原野ひろすぎはせぬ
野ねずみの移動はじまる雨期をまち原野に深く杭をうちこむ
しらぬまにうずまっていったあの論理野菜の花のかがやいて咲く
彼はなぜうつむくか彼のための朝大時計の針のかさなる下で
銃もつべき腕に少女を抱きしめて晩鐘をきいたあの青春期
燃える瞳で草原にいて冬を待つ　飢えながら今日も食べない牡牛

右肩をひいて青年海にたつたとえば船のでない朝でも
黒い種　埋《うず》め終ったある午後を地平線よりふたたび冬に
一年後　彼の内部で死にかけた瘠牛の傷に雪はやさしい
むかいあい冬をすごそう病む牛はつののあいだに日輪をもつ
かりかりと視野をせばめてくる冬を風にさからうあついたのしさ
青年は一点の煙草の火で告げる夜にむかって彼のたつ位置
血の色の花おきわすれこの街はいま抱かれる雪の季節に
雪は降る　ベーブの下に明日がある　花のねむりはさまさずにゆけ

内側から霧氷はとけて虹がたつロシアスープをすする真夜中

死んだ牛　かわくくちびる　人参のしたたるほどに鮮かな　朝

からだにしみる　埋葬の日の　空と風　街はかがやく冬のさかりを

八月花

舗道におとした鉢の八月花　坂多い街　今日も雨

神にすべてをゆだねられずに若い僧竜舌蘭と雨の中にいる

キリストの胸のくぼみは暗緑に雨はあがらず今日で九日

しゅろの葉のむこうで夏の陽がかげり　白い少女は月を待つ唄

かつてお前はひとりの唄をうたってたこんな祭りの夜の中でも
カーニバルのひびきはとおい夜の海に石を投げよう二人の祭
ろうそくの炎につれてのびちぢむある重さもつ追憶の日よ
爪先がしずかに浅く埋まる土ふりむけばとおい幻の村
鉄柵によりかかり彼の瞳はとおく都会の中に森を欲しがる
楡の枝両掌でつかみ　掌《てのひら》に樹液つたわる　雲の峯たつ

地下街

空は暗い　非常梯子によりかかりオカリナ吹きのうたはあしたへ

弾痕を左肺にとどめ地下街におちてくるもの仮面舞踏会《マスカラド》の夜
弾道下ひらけゆく朝そして又　凍結の夜をみてきたイエス
ピアニシモでオカリナ吹けば濁流の如く溢れる〈わがマリアどこ〉
まっすぐにのばされた掌をつたわって求めあうもの　はげしく朝を
地上には瘠牛あふれ背にかるいナップザックをゆすりつつゆく
烙印を押されひかれて帰る馬はしりだしたいもろい季節よ
汚辱の日海底に暗く沈めもちヨットト走らす　彼の休日
戦いはしらず失うものもなし彼の季節を何が犯すか

彼は往く　誰ひとり彼を視《み》ない街　ひとたばのヒイス腕に抱きしめ
いのこずち誰かがつけておりてきた乾いた街に風がひろがる
風のごとき青年をうちに棲まわせて少女の夜にガス灯がつく
抱きしめた少女あおむくその喉の裂傷もえて停止する刻
少女は火酒　含んで　彼の腕にあり無蓋の貨車は青くしずまる
打たれた頰と霧雨と暗い街灯と越えねばならぬいくつかの橋
〈汚れた手〉うちあげて彼等帰る街　ユゴーは四肢をちぢめてねむる
不意に手をつなぐビル街午前零時白鳥座カシオペアともに異常なし

確実に迫りくる〈刻〉地下街にまだ帰らない雄鶏一羽
逃亡者棲まわせてからの夕焼はゴルゴダの丘の哀しき予感
細長くベッドにねむり夜の底の沃野にひとつ詩《うた》が生れる

海の汽車

まっ白に花たわませて駈けぬけた　夜明け　海へとつづく街路を
あなたとわたくしだけの昼の汽車海の中を往く
やわらかく芽キャベツ煮えてやわらかく窓くもり　海よ　あかるすぎる
うすあかりわたしはねむる　まっすぐにあるいた道の果てのまゆだま

葦笛を吹くのは誰かとおい日のあおくにじんだ壁画の中の
花をまく　あなたとわたし　十二月　オレンジ色の海峡の汽車
蜜月のひとでふるえる銀色の車体ななめに北をはしれば
流氷のあいだから風は吹きあげて夜明けのミサのひびきのようだ
おきなさい　星があんなにおちてゆく　深いねむりの暖かい夜に

虹色の鳩

おびただしい鳩とびたたせ競争車　太陽にむかい車体傾け
真夏　風まきこんで駈けぬけるレーサー柵の中の広場に

横転しもえる車体を点として都市は円型にくれようとする
群集の外側にあって花舗白し今宵とどいた花におおわれ
天体の美しい夜溢れ散るいま国境を越えてきた種子
モビールの鳥影の翼の下にいて枯れバラを焼く夜のあいだに
幻の花の店よりとびたたす朝を呼ぶため虹色の鳩

幻影の狩

過去の夏　積乱雲に輝ける城あり市街みおろす丘に
木枯しのはじめて吹いた夜彼の密猟のための銃身熱く

保護色をもつ者だけが住む街に今朝猟犬は放たれてゆく

一枚の手形のおちぬ朝をもつアフリカ象の啼く檻の前

崩れるときに音さえたてぬ幻の氷河の底の蒼白の卵

孵卵器が孵しそこねた雛　未明　すきとおりいつか消えてしまった

なびく前　葦垂直に西暗く　あしたは折れるためにしかない

あかるさの中でおびえる　束の間の幻影の狩の角笛の音を

工場　縊死　まむかいにサルビアのふみにじられたままのひろがり

剝製の魚

タラバガニ北海とおく水銀の昇りやまない無音のまひる
放されてさかな哀しき目はもたず　水槽の外街は小さい
帰る海失った日のプルニエのえびの背中を包むちさの葉
きらきらと塩にまみれて虹鱒はねむる　かすかに痛む背をもち
とおい日の記憶の街にまよいこむ夏が終るというひるさがり
半透明の雨の市街のウインドの剝製の魚の目の中の海

雪の中の

祝婚歌　溢れてふいに振りむけばかってはわたしだけの果樹園
酸味濃いリンゴ酒作るこの午後の東風　馬で行くのは誰か
うそをつく日時計まわる日曜日　不安な位晴れていたので
二月　雪　教会の庭の灰色のマリアの膝にふれてみる
いつかわたしはこの街角に立っていた長い冬とのわかれのために
のぞきみる通りすがりのわが庭は月下に凍る過去の象で
ブーゲンビリア咲く半島は過去のもの降りしきる雪の中のわが家

ある夜捕えたすきとおる蝶の輝きをます産卵の刻が近づき

朝の雪　市場に出荷される花　美しい　この充てる二月よ

消えるコザック

垂直にひばりは巣立つそのあさの空は無限にあいを含むか

風にまかれめくるめく午後を一点のひかりとなって消えるコザック

サモワール話しておくれコザックのたぎるいのちとあいとそのうた

鳥竜茶いれればその季はじまってどの家の窓もひらかれていた

調教師　死して都会の片隅にねむりつづける一匹の馬

ウインドの人形たちが燃えおちる　おびえるな　君　今日の夕陽を

いつからか対話をもたず雨季に入り昨夜のうちに熟れし燕麦

ういきょうの花をねだれば幻の庭がひらけるあなたの掌から

新しく負の紋章をかきいれるブーメラン掌に戻らざる夜を

風が吹く

一群のダリア咲け西にそそりたつ雷雲はすでに崩れはじめた

あえぎつつ八月の汽車でてゆけばきしきしと掌の中でなる貝

風が吹く　ただ風が吹く　淡黄にオレンジの実の煮つまる午後を

ある午後を船着場より船がでるあるいは乗れたかもしれぬ船
片目の魚を飼っている孤児アンジエリカ壜の底よりみる陽のゆがみ
あんぶれら置き忘れられた八月の広場は細くそこよりかげる
八月は冷たく沈むガラス玉　蟬の羽よりひろがる霊歌
稲妻に麦ことごとく天を指す　一頭の馬馳けぬけしのち

晩　夏

オルフエ帰り鏡はわれておそなつの気流はげしくうずまくあした
よみがえる日のために黒き雄鶏よ　啼け　東風吹く朝を待ち

水のように午前はすぎたぎこちなくオカリナ吹いてあの子がゆけば
浴槽に舟うかべてた少年の不意に姿を消す月曜日
うつ伏せに少年は寝るエンジンの響きしだいに近づく街路
くるだろう　ひとむら残る野苺の実が熟れきってしまう日までに
影絵売り　陽はスモッグの中に落ちそれでも壁をすべるゴンドラ
海なりの夢傾いて帆船は燃えながらゆく残照の中を
ビロードの手ざわりをもち街はいま灯をともす誰への合図でもなく
曳かれゆく　ひづめはがした四歳馬　遠い下弦の月にむかって

つかみ得たわずかな砂をさらうように　夏　烈風と共に去る

風に響る

雪の前　ややかげりある野にたてば稜線を越えて雲の崩れる

待ってみた　帰らぬ予感もつあした　冬野の果てのその果てに　野火

挫折などなかった過去の日のごとしわれら今　風に響りながらたつ

あきらかに木々は仮眠のくるしさを知りつつねむるうすあおきひる

目を閉じて聞け冬野よりひびきあい牡蠣色野火のもえたち凍る

風にむかいわれら冬野にたつときにはためいていた　幻の旗

子守唄 I

可愛い瞳　星への道を探しなさい　オレンジの灯のトンネルをでて
泣かないで　タワーの先の小さな灯もうすぐ消えて朝になるから
風強くあなたは寝ない　大丈夫　ママはこうした風の日が好き
風にのりモーツアルトの子守唄ママとおんなじあなたのほくろ
ライラックけむって午後は雨となり鳩をやさしく啼かせて暮れる
オルゴールまわせば今日がもう終る太陽を連れてゆくのは誰か
口笛　空にすわれて初夏の海ねむれ　わたしはうたう　あなたへのうた

子守唄 II

匂いたつ五月紫花菖蒲わが手の中で反りかえる君

ここに　あなたがいるという鯉およがせてもえる季節のめくるめく風

さわやかに草の匂いをさせて立つ　君にふまれているうまごやし

ママ　なぁに　ママ　気泡の如き会話する　君小さくて小さくて　夏

不思議そうに君がのぞいた水槽のグッピーは夜を透して青い

向い風　乳母車押す樹下そして空は巣立ってゆく鳥のため

数千のバラいっせいに水含む彼発たしめる朝思う時

子守唄 Ⅲ

渇く鳥　ただ褐色に埋めつくす野にたてばとおくひろがる讃歌
はらばいの君の背中のとりたちの虹をついばむ物語
墜ちるなよ　やや傾いて輪を描く　未明　わたしのなかのとりたち
長いことわたくしは寝た掌に二羽の小鳥をあたためながら
ひっそりとお前は話しかけてくる二羽の小鳥のねむるあいまに
だが君はうすくれないのインコウの肩にのる日を待っていたまえ
インコウはくちばしを染め止り木をゆすりつづけるわたしの中の

はばたいて彼らは巣立つおそらくは一塊の雲のもえるあしたを
うたいたい　わたしはもっと　うたいたい　羽毛の散って降る夕景に

AT MUSEUM

ライラックけむる季節にはじまっていらだちながらもえてゆく野火
にじむのはローランサンの少女の目淡紅の雨の降る画廊にて
あつい雨　まぶしき雨のその日より内壁に永遠に響るカーニバル
半島が海に抱かれしひるのことねむれば紫陽花色のひろがり
ねじられてはがねの切れる瞬間の赤紫の火の如き朝

われら聞くおくれて走るその論理カニシャボテンの咲くかたわらで
モネの蓮かげればやがてうすあおくガラス戸の中に満ちてくるもの
手をつなぎ日没までにつくようにユトリロの町へいそぐひととき
少女の首のもえる片目の垂直の血のしたたりのわがヨカナーン

冬と鳥

寒いから肩をよせあうそれだけの舗道のさきの小さな夜あけ
越え得るか　傾いて鳥とびたてば海峡は冬の色にじませる
風　そして芥子畑もえる昼をみた永すぎる冬の中でのわれら

暗かった　砂丘をこえてそこにあるねむらずにいる海よ　わたしの
バルコニーひかるビュッフェの風が吹き彼の画布にて殺されしとり
今日も又ひとつプリムラ咲きついで爽やかに風　吹きぬけてゆく
その夜をわななきながら墜ちてゆく　かつてわれらの手の中のとり
しずかにゆこう枯れはてて青くけむる道　吊された鳥の幻の冬
いつか不意に待っていた朝がくるだろうおそらく晴れた初夏のある日に
流氷のきざしに息をひそめ待つわが耕せし麦畑にて

砂の馬

果樹の下　かつての淡いねむりより醒めずにすぎてゆく夏の日々

その広場群集は声もなくつどい夜明け鏡の中を埋めゆく

朝もやは群集の去ったあとに晴れ　広場　鏡の中のまぶしさ

過去の街夜明けとともにすきとおるかすかに花の雨ふらせつつ

雨けむり誰がために弾くバラライカ　ロシア料理のできあがるまで

さわさわとやさしく地表かすめつつまひるここよりぬけいでしもの

亜麻色にねむる砂丘を呼ぶ如く風の棺はひらかれてゆく

ひっそりと裡に沈める　原色の旗風に響る海のまひるを
あおむけば胸のくぼみに海は満ち午後曳船のすぎゆく時間
もえながら夕陽海溝こえてゆく　鳥　点となるまでの明るさ
日没を海にまむかいゆるやかに脚よりとけてゆく砂の馬
その夜はどの窓といわず灯をともすわが追憶の形かわれば

わが荒野

わが荒野ときおり翳り群なして鶴とびたたす夕景をもつ
一定のリズムをもって槌がなる昨日ひづめを失った馬

けいとうは燃えぬいたのちの明るさで吊されている　少し風
空をゆく星ちりばめし自転車をたてかけておくわが屋根裏に
すべりおち鴨撃つための位置にいる皮の匂いをさせている彼
標的はあしたを待たず崩れおつ　丘の真上をゆるやかに染め
曇り日の仮眠の午後はむらさきに放牧の馬いらだって立つ
うたわない　うたう　それから夜に入れば涼涼と風なりわたるのみ
対岸に灯をみたように思う夜森番小屋に響るレクイエム
その街はうすくれないに柔かくもえているいつの夢の中でも

鮮やかに八月の海はうねりつつわたしを包む冬をねむる

吹きあれてあしたの河岸崩れゆきわが空間を埋める流砂

ひかりつつ円形にひろがりゆく世界　今朝まっ白に雪ふりつむ

過去の夏うすむらさきに燃えながら荒野に垂れていた花房よ

風に背を押されてひざをつく荒野花を抱き明日を抱いてのねむり

昨日　また　今日も荒野の章を閉ず裡に夜汽車のつっぱしるとき

夏の終りに

藻のごとく柳がなびく　しんしんと夜あけにむかいあゆむ二人に

ある午後の驟雨の中でゆれている誰もこがない白いブランコ
大時計時を告げれば約束の橋に待たれるかすかないたみ
そして又この夕焼に染む如く動かずにいる夏の終りを
店はみなよろい戸おろし一つだけ鬼灯の如き山荘の窓
約束を果さず終るこの夏のやや陰鬱なあんず色の灯

わが街のイブ

あのグラス海をたたえて雪の日のウインドウにあるわが街のイブ
樅の木が樅でなくなるクリスマスかさかさゆこう街がかわけば

靄に散る彼等は白きヘルメットつかれてねむる枯れ樅の下
うねりの如く夜をくぐって行く者と分つことなく掌にある果実
ハレルヤ　荒地に種をまくのはいやだたとえあなたがついていようと
しっとりと重くたちまちきえてゆくこの刻をわが海に沈める
水滴のひとつひとつに灯がともる降誕祭ののちの夜のあけ
うたわない木々よ真冬の　しんしんとしんしんしんと青い夜を立つ

われら今

木々は立つ　夏　新しき傷口の樹液しずかにしたたらせつつ

青年の海凍結のきざしありましまろの如き雲の下にて
われら裡に暗き街もつ戦いの終りし日よりネガの如くに
針のない柱時計は細長くしんしんと内に水のわく日よ
あおむいて花の匂いをまちながらねむれ五月の天使のように
灯を消した後　海となるわが部屋で魚の尾鰭にたたかれている
わたしの木　王様の耳は馬の耳　低く小さくうたい給えよ
もう　行ってしまうのか　あかがね色に輝いて獅子の形の雲のむこうへ
麦畑ふりむきもせず駈けぬける　背後に雲が崩れて散れば

われら今　幻の海みるためにあゆみはじめる月にむかって
ひきさかれわが暗緑の画布にある朝やけの中の丘のくぼ地よ

にじむ夜明け

その日のためにねむれわれらの小鳥たち揺籃はすでに翳りはじめた
君たちはあかつきにむかい駈けてゆく　いや夜明けなどないとしりつつ
内海に鉛の色の船がつく彼らを連れてゆくための船
奪われた　われら互いにあたためて明日こそ発たすその鳥たちを
散っていったもはや戦士でない彼ら　にじむ夜明けは花で埋まる

胸をさく　ゴルゴダの丘にかよう道一筋ほそくほそくとおって
腹腔のひき潮どきの砂浜の骨だけの魚の骨だけのうた
魚たちにつつかれながらとおい日の夕焼の中にうかぶひそかに
たえまなく気泡をあげてゆっくりとわたしの中を泳ぐ魚たち
昨夜より同じ形のチェスの駒ななめに城の影のさす午後
湯気のたつハムエッグスが二人ぶんゆっくりさめる午後にむかって
とおくで　何かがおちて　それっきり　音はどこかへ　にげてしまった
一群のヒイスが風にふるえつつ何もなかったような夕景

ある季節

花たちはもう笑ってはいないのだ曇りガラスの四角い世界
もたれあい薄く明るい野の果てを夢にみるわれらいつのねむりも
少しずつ花頸かたむけすぎてゆく低くときおり朝待ちのうた
花たちは乾き咲きつぎ密室に圧力計の針のふるえる
荒野より昨日とどいた一群のヒイスを入れて鉄門をとざす
帰らない　矢車草の如き朝　坂かけおりて抱きあった　その
抱きしめてそのまま夜にのめりこむやわらかく君　崩れおちれば

葬列の先頭に高くかかげられふるえつつゆくまっ白な君
花たちのどの花よりも美しくあなたは笑う明日にむかって
穴をほるそうしてみんな笑ってるどうしたわけかとてもしずかだ
しっとりとあなたはここに横たわり不意にわたしをおそう戦慄
ひとしきりきんぽうげ色に燃えていたあなたは細い指の先まで
花たちはまだ蘇ってはいないのだ復活祭の街の烈風

幻影都市

磨滅した車輪の下の細長い青年の死にかかわらず陽は

バラ色の火の鐘の鳴る　街夜あけ　青年の棺きしみつつゆく
何を待つ　この街路樹のある舗道　若いラッパ手死んだ夜あけに
街の中にわれら原野をみいだす日よりそい低く何をうたおう
どうしても楡になりたく楡になるある朝街の白い広場で
思いだせかつては燃えた青白く雪降る街の樹下のわれらは
ざっくりとチーフ・コックは肉を切り水銀灯のともりはじめる
地下街の天井は少しずつさがるプリムラの鉢の売れたまひるも
やさしく雨は地表を濡らす　だが淡く渇いて咲いたにせライラック

のぼれ　のぼれ　彼等ひしめきあいながらジャックの豆の木に似たはしご
つぎつぎにグラス砕かれゆく夏のヒカリの中に失いしもの
両脇に雄鶏を一羽ずつ抱え広場につづく段をおりきる
ふんすいの脇の廻廊ひるさがり誰かの影の細長い夜
風にとぶ帽子を追っていった日の幼さよ百日紅鮮やかな過去
反戦歌ふくらみきって消えゆくか天にむかってひらく穴より
おびただしいゼラチン質が流れだし都市じわじわと凝固してゆく
つっぱしれ　地下広場へとつづく道　彼らの列の崩れないまに

彼らみなすきとおる環につながれてゆっくりとゆく広場の日ぐれ

よこぎれば広場はかげり追いつめた雄鶏一羽壁に吸われる

この失意もろくも崩れさる列のとけこむ夜は雨に変った

われら待つ　うすむらさきの終電車幻影都市に今すべりこむ

水銀灯の中にただよいにじみつつ街は消え去る事への恐怖

あとがき

夏という季節が一番好きだった。あの鮮烈なきらめきの前では、他のどんな季節の美しさも、私には色あせてみえるのだった。夏をうたうとき私は心に戦慄を覚えるほどであった。

戦争中をのぞいて、私は都会でしか暮した事がない。都会、それも東京、もしくはその近郊である。したがって、街というものは、私にとって、全世界とほぼ同義語になってしまっていた。街、その中に含まれている実にさまざまなもの、人生のすべてが、人間のすべてが、そこに集約されているかのように。

私の世代が戦中、戦後を通じて体験した事は、非常に波乱にとんだ出来事だったと思う。

国のために死ねと昨日まで教えこまれていたのが、敗戦、自由、食糧不足、ヤミ市、ETC……。しかし、それらの出来事が、侵蝕し得なかった部分を私はうたいたかった。それは同時に自分自身への抵抗でもあった。

ところで最近、私は冬の季節のよさがだんだんわかってきたような気がする。歌集をまとめながら気がついたのだけれど、終りのほうになると、大部、冬、をうたったものがでてくるのだ。きらめきから、かげりの部分へしらずしらず私は移行していたのかもしれない。ぴりっと肌に空気がしみるようなこの頃、うすあかりの中で、もうじき夜があけるのだとみじろぎもせず待っている自分を感じる。

丁度、未明の街に、たった一人でたたずんでいるかのように。それと同時に、この短い詩型がある重さをもって自分の内部に定着しつつあるのをあらためて感じているのである。

なお本歌集の作品は昭和三十年から四十四年までの四〇六首で、さきに合同歌集『原始』がありますが、私にとっては、これが個人としてはじめての歌集となります。長い間ご指導いただいてきました加藤克巳先生にはご多忙のところ序文をたまわり心から感謝いたします。それにいつもかわらぬ励ましをいただいた「個性」の諸兄姉と、この度快く出版をお引受けいただき、何かと御骨折り下さった秋谷豊氏に厚くお礼申し上げます。皆さま有難うございました。

一九七〇年五月三十日

筒井富栄

森ざわめくは

一九七八（昭和五十三）年十二月一日　短歌新聞社　刊

序

抒情、というコトバより、なんとなくリリシズム、といったほうが近い詩質を持っている。

そしてまた、もともとメルヘン風な、ナイーヴで、すこし軽やかな、それでいてにくからぬ知性の裏付けを持った、近代的なセンスをふんだんにそなえた、今日の歌壇でも類《たぐい》のすくない歌人である。

ものごころついての戦中、戦後の体験もかかえて、形而下の生活もなみの人なりの苦労、苦労といっても嫁ぎさきの親御さまにつかえ、夫を愛しまもり、子を育て、それは世の女性とかかわりのないものなのだが、この人の歌は日常些事をうたわない、自らのうちに自らの世界をもとめてうたうのである。

しかしそれは、宙に浮いた、遠い空想の世界ではなく、今日現実生きている自分の、いいかえればリアリティを持った幻想界であり、仮想界であり、心象界なのである。

こういうことは、別してことあたらしいことでも、奇異なことでもない。詩的世界といわれたり、詩的現実といわれてきたものであるが、短歌にあっては、つまり短歌伝統という側からすれば、異質にみえ、新しいことのようにみられるであろう。

このへんの前提を、当然のことながらふまえて、さて、この歌人の作品がどれだけ独自の主張、どれだけ現代の詩として、短詩として、短歌として追求、表現を遂げているか。それはこの小文でおしつけがましく論ずべきものではなく、読んでいただく方達にくみとり、評価してもらうほかはないと思う。

もひとつ、短歌詩形にのっとった、いわゆる定型短歌であって、なおかつ口語発想の問題、リズムの問題を、この作者はもって生れた資質的なものの上に独自に展開し、その結果ある程度の成果というものをあげていると私は思っている。これも現代短歌のひとつの追求面として批判と理解をうけたい、と著者ともども期待している。

さて、遠慮気味に、いささか謙虚気味に言って来たが、すこし作者に荷担していうならば、この柔軟で、美しい詩心はやはりめずらしく、現代短歌のいっぽうの存在たることを、私はためらわず申述べたい。

この辺で、気のついた、この人らしい歌を幾つかあげてみよう。
　ねむるのだかすかに低く絶え間なくきこえつづける音を断つため
平明な、やさしい歌だが、現実感が、つまりこの作品の内部に生活が、作者の今日がある
ように思えてならない。
　華討たせた　ごとく落ちて　束の間の　迫　鮮紅のガラス壁面
さきほど、知性を云々したが、知的感性の勝利のような歌、といえよう。
　黒い椅子　刑徒のごときペルシャ猫　しなやかな死のかげりの晩夏
晩夏を新しく歌った。知覚、感覚の全き融合の効果をぴたり発揮した歌といえないであろ
うか。
　ローズシャトウ淡紅色に何がもえひそかに何がひろがり沈む
抽象化の冴えをみせた一例。
　地下街の輝く果実地上にはおそらく雪がふりつんでいる
これはまたまことに美しい断定である。
　郭公のくりかえし啼く樹下深くたしかに今もねむるものたち
メルヘン、といったが、これは大人の夢である。いち応の齢を重ねて、なおうしなわぬこ

のたおやかな詩性をいつまでも持ちつづけていることを、やはりたいせつなことだ、と思いたい気持がわくから不思議である。

夜ごとに象形文字があらわれるわたしの中の未知の洞窟

知的に、というより観念的に処理され過ぎた例といえるかもしれないが、こういった方向の歌もある。

ネイブルがまっくろな柵にのっていたおそらくは永遠にのっている
てっぺんに淡黄の雲のせながらわが榛の木は何をみていた

この辺から少し新しい展開を示しはじめているかに思える。

なんとなく、紹介文、推せん文のようになって来たので、このあたりでやめるが、巻末に近づき、いままでこの歌人の軽快な長所であり、弱いところでもあった甘美なメルヘン性などもようやく克服しかけているいい歌があるので、それをあげて文をとじたい。

執拗に幻影を食べ生きつづけやせてゆく夏の見えざる輪
凪は吹いていたにちがいないたしかに　肺がこんなにふるえるならば
ゆっくりと刻のすぎゆく一点に圧縮された夜の花の音
眼球の隙間より凪のしみ入れば凪ぐことを知らぬ海はくれゆく

白清く少女けむりのごとくゆく開花期を待つミモザの真下

いなずま走るわが誕生日午後三時頭上に雲の位置たしかなり

落日下幻の牛横たわる角に無限の光芒をひき

かすみあみにかかる鳥さえおそらくは恍惚とつばさゆだねるか　初夏

たしかに、靭く、きっぱりと歌いぬけつつあるようだ。私はある愉しみをもってこの第二歌集をみおわり、はや次の段階へ踏み出している、と思いそこに期待を大きく持った。江湖のご高評を待ちつつもって序とする。

昭和五十三年十月十五日

加藤克巳

目次

序　加藤克巳　79
幻の戦場　91
円型果樹園　92
雨のカデンツア　93
わが風のうた　94
葬　送　95
夜と魚と　96
背をみせる春　97
花待ち　98
そがれたる夏　99

ある夏に　100
八月十五日　101
暗いオレンジ色の街　102
聖雪祭　103
仮設都市　104
空中庭園　106
レモンの木ほど　108
冬近き首都　109
安息日　110
捕え得た雲　111
街の中の森　112
森ざわめくは　112
十一月の燕　114
マクベスの森　114

美しすぎる季節 118
君は……… 119
葦　船 120
海のあなた 120
卵形の闇 122
冬の寓話 123
落葉街 124
魚が虹吐く 125
長い冬 126
愁　風 127
君にも五月《さつき》 128
メランコリー 129
誰があしたを 129
影 130

わが夏苦《にが》し 131
冬季河畔 132
暗いモミ 133
フィーレの死 134
ママン 134
無人村落 136
花の集積 136
暗黒星 137
子供よ　夏は！ 138
Kに贈る夏 139
ゆらぐ夏 140
旅行者（一） 141
旅行者（二） 142
鳩還る 143

底ごもる季節　144
けだるくも春　145
夏の一族　146
一つの過程　147
背の針は立つ　148
ゆきすぎしのち　149
原色の結合　149
黄なる三時　150
ガラスの仕切り　151
レテの流域　152
屋根の昏睡　153
片足の鳩　154
次元ジプシー　156
冬を抜け　158

幻の戦場

昨夜よりかみきり虫はきりきざむわが内側の余白の部分

ぐみの実のしなうほどなるあの村は春がすみすべてが白かった

ねむるのだかすかに低く絶え間なくきこえつづける音を断つため

月を背に禿鷹はまいおりてくる白銀色のわたしの砂漠

海亀は育っていった動かない月との対話くりかえしつつ

ポオの猫不意にわたしをかすめ去りぴしぴしと沼は凍りはじめる

そんな目でみないで欲しい誰だって暖かい火のそばにいたいさ

さあ走れ　わずかにのこされた刻を。別れねばならぬものにむかって
二人のためのあしたをすでに捨てされば限られた空　鳩が群れとぶ
かねたたきいつまでたたく暁に彼らが隊をなしてゆくとき
荷車につまれて村を発つものよ　さようなら　再び春は
待っているわが幻の戦場の夜明けしずかにひざを折るもの

円型果樹園

とり型のビスケットが樹になっている　しあわせの国とかいておこうか
待ちつづけ彼らは風化していった中天薄い昼の月

バオバブのてっぺんの枝がおちかかる月を捕えて夜明けはこない
旅人はしずかに今日も通過する化石の時計もつ塔の下
一頭の馬はなつ野は荒涼と光の破片にまみれていった
つかれはてた帆船のように手をたれるわが視野にだけ雨は降るのか
数千のろうそくを灯しまちつづけ風過ぎる夜をいつかねむった

雨のカデンツァ

吊されてしだいに色の褪せてゆく　花よ　復活祭の遠景
山鳩があなたの喉の奥でなく　シルバーグレイ　誰を呼ぶのか

どうやって時間をぬすむ君たちがあうため　海の沈む真夜中
金曜の夜おとずれる者たちにイエス不在のままの晩餐
僕たちに欲しい時間をきざみこむ飾り時計の古風なチャイム
音もなく窓外の丘よこぎって彼らの列は消えてしまった
のこされてなおも激しく雨は降りノアはいつより方舟つくる
鳥になる明け方の夢やや重く今日も又あの雨のカデンツア

わが風のうた

長い橋　月がのぼって老人は風琴をわたくしにむけてひく

ゆらぎつつすれちがう彼ら透きとおりうつむきながらわたくしはゆく
樹々のうた海にむかって帆をはらむたわみつつ長い夜のあけるまで
樹は海に海は空へとよびかわす一体となれ夜あけの嵐歌《らんか》
陰鬱に樹々その色をかえてゆき終りきらないわが風のうた

葬　送

ひょうひょうと垂れ幕だけがうたいつぐ　晴　この日より冬
墜ちた鳥頸部ひじょうに細長く冬　真昼　そしてかわく遠景
華討たせた　ごとく落ちて　束の間の　迫　鮮紅のガラス壁面

街は葬送のためには暮れず　雲のむこう　かの豊饒の海へひろがる

桜花いま満開のこの花を一ひらとって花笛とする

雨風窓に　長い電話のあとの灰皿　その日の夜になるまでの時刻《とき》

夜と魚と

氷雨　枯草色の皮コート　その下に魚をかくして帰る

やせた花がどこかでわたしを呼んでいる覚めた真昼のものうい記憶

突風に光る街並ひらひらと尼僧がひとり消える風景

花野菜かがやき溢れリンゲルの点滴のごとき滴したたらす

魚たちのミサではじまるこの部屋は徐々に気泡でうめられてゆく
閉ざされた海桔梗色くれはじめのがれられない夜の漁夫たち
おおわれてあおむきながら反ってゆく淡緑の髪ほぐす間も
魚たちの回遊やがて早くなる次々にわが胸をよこぎり
みあげれば天窓のむこう薄明り風吹きならす明日の荒野

背をみせる春

鉄骨は午後をゆっくりたおれこみ街のシラノがまたひとり死ぬ
黄緑《きみどり》の豆一粒がころげおち地下の階段果なく長い

帆をさげたヨットが湾を埋めつくしそのまま誰も帰っては来ぬ

郵便夫走りつづけて崖をとぶ手に名宛人不明の封書

クレーンで吊りあげられたままの位置積荷に故国最後の日暮れ

マヌカンは同じ長さを着せられてしだいに褪せる　今　乾燥季

あれはたしか手ごたえのある春だったインターナショナル未明の霧《ミスト》

ヴァイオレット　暮れきった窓の外側に背をみせ遠ざかってゆく春

花待ち

鳶色の灯が点々とつく村をゆきすぎるときの馬具の匂いよ

鉄柵の尖に林檎が突きささりその翌日の死まではとおい

確実にかすかにそれは近づいて駈けぬけて消え雪は降りつむ

雪女いま生みおわるクロッカスその限りなく鮮烈な紫

　　そがれたる夏

八月の切子硝子の反射面そのおのおのの夏そがれたる

鏡の中をとおのいてゆく緑陰に十字架ひとつたてられし夏

黒い椅子　刑徒のごときペルシャ猫　しなやかな死のかげりの晩夏

君は誰か明け方の夢の野に立って背をむけるその背群青に濡れ

わが系譜形ただしく一名の反徒ももたず夏老いてゆく

ある夏に

静かな、小さな、海をめぐらす町だった。日暮れ黄金色に輝く

いくたびのわかれそれからひとときの出会いにもえる西の空より

かすめさる過去の記憶の空間をうずめてミモザ咲きほこりたる

愛し愛され五月息づまる向い風暗い予感のエル・フラメンコ

待ちつづけねむるわたしの内海に遠花火それはいつの日の愛

われらいまこのぬくもりを信じつつ双頭の鷲となり夜を低くとぶ

海と空とがまざりあう日に彼は発つ喝采の待つ沖へむかって
わが視野のとおい地点をかげらせて静かにすぎるある夏の日は
掌に一本の鍵汗ばんでけむる坂のぼりつめ海を眺める

八月十五日

狙撃せよ　くすぶりつづける太陽を　記憶の首都の正午定位置
草原の輝きつきるところより捲毛の山羊の群れは追われる
逃走のはじまった日のわが荒野ときおり弱く風は吹く
あした又あうように軽く手を振って羊雲崩れる下で別れた

暗すぎる花が解体するように魚一尾ずつ散る水面下

雨は　いつもいつも硝煙の匂いしみこませおきすてきた者たちに降る

シルバーグレイ半喪の季節たわみつつ硝子の花の変形つづく

旗ひるがえりいつか海域せばめられ波間に落ちたわが十五日

　暗いオレンジ色の街

花と花　首からませて垂直に枯れ立つ深夜帆船はゆく

淋しい樹　枝いっぱいの実にたわむあまりにもかぐわしく　淋しい樹

ローズシャトウ淡紅色に何がもえひそやかに何がひろがり沈む

一つの死　水銀灯の数千の鬼灯のごときにぶい点滅
真紅の花液ふきあげ水面に花たちの首はひしめいていた
魚たちの空中浮遊ガス灯をかすめさるときの瞬間の藍
猩猩蠅の人工飼育ガラス器の乳白色の一本のひび

聖雪祭

地下街の輝く果実地上にはおそらく雪がふりつんでいる
はてしない群青の海の中にたつ樹はしろじろと氷柱を垂れ
群狼のいっせいにほえるごとき海明け方の雪は吹雪きつづけた

お前だけがほの青白い群れをはなれわが裡に背をまるめてねむる

鳥は雪を満身にのせ塔の上風見のようにうごかぬ日暮れ

はしりつづけ白い埠頭をもつ街のより白い夜の中にのまれる

階段をともしび色の花が捲き海までつづく聖雪祭

仮設都市

中枢に白鳥を深くねむらせて都市あけきらぬ二月《きさらぎ》なかば

フラスコの水たえまなく泡だてば街に雪そしてにせ檳榔樹

ウインドウの一箇所だけが透きとおりそこよりとおくかの夏の日日

あれはほんとうだったのか青く染まる　首都　腕をくみあるいたわれら
あの夏　鮮烈に鋪道そめながら苺一荷がひかれていった
十五歳の少女の弾いたオルガンに送られて発った彼らの散華
今もなおまぶたのうらの乱雲を一つの機影音もなくゆく
郭公のくりかえし啼く樹下深くたしかに今もねむるものたち
木の椅子に精霊こもるごとき夕《ゆう》わが内壁に晩鐘は響《な》る
残されたわれら　埋めたてられる海　岸壁の魚は何を視て死ぬ
仮設都市に雪二昼夜をふりつづけ幻の彼らまたあゆみくる

方形の闇　方形の雪　牛追いのうたかすかなる虚構の原野

青白く都市形骸に雪は燃え不意にわれらの内に雪崩れる

やや暗い窓ごとに海を抱きながらシー・サイド・ビルの朝のしずまり

首都に立つわれら鎮魂のうたもなく夏の砂塵をあびたるままに

空中庭園

階段をのぼりつめるとあざらしが赤いボールを投げあげていた

屋上はまぶしい位はれている背後に海をしたがえながら

君の胸にリラひとかぶをうえこめばうすむらさきになだれる五月

垂直に飛べよ翼をやきながら雲に独りの影うつしつつ
海峡を蝶がわたるという詩をけだるく四肢にしみこませゆく
はやりうたひとふし軽くかすめゆく死を予感した耳のあたりを
ふつふつとたぎるなにかをもちながら夏くらくらくなお枝を張る樹樹
のこるわれらに年ごとの夏輝けよ無傷の雲の豊かにあれば
ひそやかに近づくはなに別離などあるはずのないわれらの背後
わが記憶うめる原色モザイクのスカーレットがぬけおちてゆく

レモンの木ほど

朝から　じょうじょうと風が吹いていて　神よ　わたしはむきあっている
ひっそりとわたしは影のようにいるわたしはそれとむきあっている
帰らない刻　帰らない悔恨の午後　神よ　わたしはむきあっている
一塊の鳥のかたちの純白の物体の——神よ　わたしはむきあっている
深い祈りに似た時間流れ樹皮をすべり　神よ　わたしはむきあっている
地中海のレモンの木ほどの明るさをもちこたえつつ　神よわたしは
音もなく幾千の人通りすぎ再び空はよどんで低い

冬近き首都

青銅の魚を沈めにゆくのだがしみとおるほど冷たい朝だ
玉葱の吊されて乾く部屋ふいにエル・フラメンコ　窓は暗い
確実に撃鉄をあげる音をきく　白昼の街　又は幻
かつてあの暗号解読班彼は初老優雅にバラ咲きほこる
シルバー・シャドウ胸のあたりをぴったりと狙われているごとき寒さよ
光りつつ土曜の午後を四散する死守すべき橋をもたざる彼ら
すばらしかった　セルロイド板に囲まれて夕やけにうかぶ青春前期

なお生きて花もえる夏に立つことを約した彼らここにもねむる
おそらくは骨たちの私語背後よりかるいさやぎに包みこまれる
飛翔する船の右舷のいちれつの灯の点滅の夜の斉唱
花と花つづく鉄片石の庭そこにあなたはいるのだろうか
方形の金網の中の荒地よりいつかわたしも消えさるフェーン
われら火をかかげてあゆめ荒地より帰りくるこの冬近き首都

安息日

夢の深みに暗緑の火薬運搬車　一瞬　花火のごとき炸裂

ほんのわずかに均勢をたもち夕景は夜にはならずうず高く塩

始祖鳥をみごもりしわが内側にかがやき痛く森はしげれる

てのひらに種子ころがせば丘陵のかなたよりくる　ただ安息日

捕え得た雲

のばしきるあなたの腕の先にある原色の島に雨ははげしい

たとえば空腹ののちのまひるまよこうしていつか消えてゆくのだ

ゆっくりと鰐の反転　捕え得た雲ぎらぎらと夢にあるもの

街の中の森

逃走をはかるつがいの蝶がいて幻牛の背にゆられてすぎた

鮮やかに冬蝶われをおびきよせ地下数尺でふっと消えさる

背負われてマヌカンがゆく真夜中の聖ニコラスの遠い祭り火

よじれつつ　マリオネットが降りてくる　奈落　天窓　月光細し

森ざわめくは

管楽器のいっせいに響る音に似て森ざわめくはわが待たるる日

木から木へはしり寄りそい探しつかれ幾千の光の矢にさされるか

放射状に立て札は立ち傾いてどの方向に逃げた野兎

さかさまに沼におちこむ風景ももえただれつつ雲ゆきすぎる

一握の種子まくならばよりそって二度と風などの吹かぬ日を待て

ねむるのも一人の森よ夜明け前花純白につもる淋しさ

まきついたつる草を切る皮膚までも切りさけばやがてよるも明けよう

すれちがいざまにふりむく二人空間にやわらかくもえて落ちゆくはなに

みつめあう距離をちぢめて吹きぬける森で抱きあうときの激しさ

地下街はいいようもなく重く甘いくちなしのかおり影は消えさる

十一月の燕

まっすぐに十一月の燕墜ち雪はきわめてやわらかく降る

野にたってさらされるごとき静寂は死者をうらやむ冬のまひる間

魂の壺がいくつも伏せてある部屋はいつでもやや寒い

等間隔に私の耳でベルが鳴る　とりはじゅういち　銀の爪

かなしみのガラスの鳥はひびわれて乳白色のひるの窓ぎわ

マクベスの森

人工湖わずかばかりの水量に溺死体うき爽やかな夏

硝子屋の硝子戸の奥ほの暗くうすばかげろう羽ひろげおり

シェークスピアの行間を蟻が這いのぼり夜鳴鶯《ナイチンゲール》その森に啼く

ジュテム　無雑作に人はいうけれど……森はしきりに葉をおとしいる

ほほひげの剃りあとかげる午後三時腕ふりほどく遊歩道にて

マクベス夫人の野望みたされゆくごとく　森緑炎に包みこまれる

ロシアひまわりの四粒の種を掌《てのひら》にのせてあなたが発ったのも夏

霧の中にだからあなたを追ってゆくいっぱいに伸ばす腕を支えよ

まっ白な寝室に人をねむらせて精霊となり看とりつづける

おそわれた小鳥のように片腕をひろげたままの形にねむれ
夜ごとに象形文字があらわれるわたしの中の未知の洞窟
また夜は点々と雫したたらせ引き摺られゆくものの気配よ
あなたか　わたしか　風信子《ヒヤシンス》色の木の下で待ちつづけていた神々の使者
悔恨と冷たい朝と飢餓を持ち坂をくだって森をはなれる
寒く重い視野いっぱいに樹々迫り夜明けひっそり息づいていた
かのテラス凌霄花がからみつきこの夕立に強く匂うか
絵葉書の町くれなずみ何処《どこ》よりも淋しき地点に立つ檳榔樹

夕靄はチエロのひびきに似て重く煮えたぎるもの大鍋の魚
ボルドオの墁をめぐって肉厚き果実の中に入りゆく羽虫
それがいつも虚構の糧であるならば削ぎおとされし夏の走路よ
めくれ上がるうろこの下は褐色のソースに煮られ崩されてゆく
涼し気に夏は作られゆくものをうず高く準備されたる弔旗
夏のあやうい均衡の中にねむりつぎ眼窠の奥の炎しずまる
真夜中の屋上の時計なりだせばわが鐘もまた暗く共鳴る
マクベスの森のうごきのおのずからこの荒涼として華麗なるもの

美しすぎる季節

鞭をならし馭者は反り身でかけぬける美しすぎる季節のさなか
めざめればそこにあなたが立っている確実にくるか　そんなあしたが
群集にさえぎられつつみつめあえば君不意にその距離をちぢめる
今さら何を　あなたの腕の　中でいう　束の間あおく燃えすぎた日々
だがそれも長い事ではないだろう刻の流れの帯の中では
ああ　いつもわが視野の先をかすめさり空間に消える一団の騎馬

君は………

君は持つ　黒手袋に九本の指きっかりと折りこむ夜を
君は持つ　幻影の中にシューバの衿たてて帰るくやしき夜あけ
君は持つ　フーガのごとく追い追われ青白いガスとなるさみしさを
君は持つ　深紅に変る夕景が喚声をあげてなだれおつるを
君は持つ　緑色のとかげじりじりとくいこんでくる肉は痛むを
君は持つ　群鶏広場かさなってねむるでもなく横たわるとき
君は持つ　弾痕ひとつあるシャツのぬぎすてたままの形の白さ

そして君　わが腕の中きらきらと水底の墓にはいるしじまを

葦船

背に青い塩の袋をゆすりつつ冴え冴えとぬけてきたるふるさと
葦船をふたたび編もう太陽と樹樹を失いつつあるわれら
わが廃墟脚なげだして待っている光芒をひいて星おちるまで
幾百の紙片吹かれてまいあがり　無人スタンド　きらめく痛み

海のあなた

今日も又郵便配達夫はこないのか夾竹桃の花ゆれるのみ

まひるまの寺院の庭の夏の花影ひとつなくもののけのこえ
追われる夢をわたしはすでにみつづけて脱出口は海の匂いす
びっしょりと濡れてあなたは立っていたまっ白な庭の核をなし
腕をひろげあなたが待っている海よ太陽に背をむけて抱きあう
海のあなたと海を怖れる私と干しあげられた草の匂いと
遠花火はな燭台のようにおちわれらは距離を保ってあるく
ある午後を不意に発芽のにおいさせ円型の卓は木に還りゆく

卵形の闇

菜園の花の明るさおのおのに羽化しきれない蝶ねむりつぎ

ネイブルがまっくろな柵にのっていたおそらくは永遠にのっている

風紋を君の背後に作りあげ作りあげつつ風は去りゆく

てっぺんに淡黄の雲のせながらわが榛の木は何をみていた

蚊柱が視野をさえぎる夕景のふるさともたぬわが望郷歌

四肢をちぢめ卵形の闇にねむるときわが背後にて海はひらける

冬の寓話

ゆったりと鳥はみごもる冬は来て風に逆毛をふくらませつつ
ひき潮をこのむ理由もみあたらず旅路のはたて海によばれる
吃水線を船が沈めてゆくようにわが沈みゆくは冬の市街地
からみあい冬越す蛇のくらぐらと空間楕円ほの暖かき
たとうれば幾多の棘にさされつつ桃爛熟す冬の終りに
トナカイのそりの話もききあてて子は閉じてゆくその幼年期
一管のフルートが掌にのこされて旋律はもう思い出せない

わが森の一本の樅なつかしく灯をさかせおりとおいとおいノエル

人々は荒野をもとめ隊を組む繁栄の地も夕映えている

冬の寓話を誰しも裡にもちながらよびさますこともなく　降誕祭

落葉街

外人墓地の鉄柵にもたれ夜を待つ囚われ人をよそおう午後なり

道化師の背の広告がゆれていて少し哀しい刻が過ぎゆく

いつからか暗黙のうちに許しあうわが胸壁の無数の魚ら

ついばまれ空洞は冬の音がする神に出あわぬ道をあゆめば

だぶだぶの服の内側ふくらませ風は昨日という日をもたず

きみもまたぬれそぼつ鳥に涙ぐむ感傷と死はかくも近いのか

たえまなく落葉の降る一角で人はやさしく仮面ぬがさる

みのりの果樹よ　いま陽光を吸いつくし　老いる日までのひとときの静

魚が虹吐く

対岸の靄の中よりあらわれる陰影つよい一握の町

ひざまずくは祈りのかたちにあらずして渇望の果てのまふゆの樹立

神とわれとむかいあうときをもたざれば万聖節もうすき水色

誰をしもこばまぬ姿とりながら神はもうける数々のわな

使徒かれらとわれをへだてて空間はペルシャンブルー　魚が虹吐く

長い冬

鉛のたまを胸の部分に入れたまま野鳥ねむれるこの冬長し

おくる者おくられる者を吹きぬけて冬笛ならす風よ　きさらぎ

その距離を不意にちぢめて来る冬の街に棺とみまごう積荷

かたつむりあやうくも這え水槽のガラスのへりに余光とどかず

憶えておこう今うしなおうとする刻をあなたをねむらせ　雪が降りつむ

きみの三月わたしの四月かさねゆきわだちのこして花馬車は去る

愁　風

ほおをはさむ掌あつく幾千のぶどうの房のさわさわみのる

コーク飲む　夏すでになし　褐色の幹にきざんだ原罪

君の撃つ的になるべく樹によればすでにわたしは射ぬかれていた

われら今かぐわしくあれ果樹園のどの果実よりおもく冷く

光り放つ一日やがてかげりくるあなたをブロンズの像ににせつつ

君にも五月《さつき》

淋しくも凪と呼び交う人は亡く矢車まわれ去年《こぞ》の五月よ

球を追う竜おもわせて雲は去る鬼籍に入りし君にも五月《さつき》

武者人形の髭を似てると語りあう祖父の面輪をとどめて端午

兄よりはやや小さめに兜折るそのしぐさあんなに愛されていた

湯をはねる二人に菖蒲かぐわしくこの季これほどすがしくあるか

忘れていたわが一隅に花あやめ紫紺したたる　雨はふりつぎ

メランコリー

緑陰に読みさしの本　糸車　過去の糸などつむいですごす

ナターシャが肉屋の店を閉じたのは去年《こぞ》雪荒れの暗い日だった

雨季　見えざる炎もえているわが傘の中の宇宙かがやけ

抱きとめられてやさしくまぶたおおわれるそのくちづけも雨の匂いす

誰があしたを

内深くわが羊歯育つさわめきにはや変貌もとげられず夏

追われ来て光と風のまよいこむ原色といえど淋しき市街

うたがえばうたがうほどに豆の花影くっきりとまひるまをさく

ひとりの胸に灯ともすように黄蜀葵《おうしよくき》ほのあかるんでいるではないか

幻想の結ぶ地点の耀いをわれらは愛とよぶにすぎない

枝しなう若木　七月　抱かれて誰があしたを予知しうるのか

真空のビンの内にも雨は降り別れの日などきみは思うな

愛それは無形の散華鮮烈に束の間ひらく真夏のフイエスタ

影

夕日雲峯片側を輝かせきみを発たせるための明日か

わが森に並ぶ埴輪の空腔のその内側に胞子降りしく

幽暗の彼方より風　血は匂う　猟銃音をききし麦野よ

裸木に風さわだてる黄昏を地に還りゆく影の人々

舟唄は傷痕まぎれなくひそめ花冥く立つ臨港に雨

わが夏苦《にが》し

風鎮め結実いそぐ果樹林に花裂《ひら》かれる暗い息づき

静寂も匂い濃くしてその箇所に夏花さかる家畜病院

癈園の館の死者もわれもまた棺まちつつ眼をひらきいる

かがやいて放馬むれなし立つ丘に孤絶のごとき日は落ちてゆく

眼底の夜をひそかにつもる雪わが夏苦し百羅漢顕つ

冬季河畔

うそつきといわれて駈けてゆく子供日ぐれの余光その背を包む

少年の瞳の中の城　砂あらし　跑足《だくあし》の騾馬お前の世界

二本の木枝すりあわせ日没後さらにむなしい時間をくぐる

ミシエルまだこない　寒い　裸木《はだかぎ》も紅葉の葉をまもりきれまい

ろばのごとく一日がすぎ人々は病める部分をひそめて集う

わが視野の霧ひらかれてあかあかと冬季河畔にみえる船火事
鳩を喰べる話をさりげなくきかせミシェルは還る冬の地平に

暗いモミ

わが裡の青年もいつか老いてゆくドクター・ヒューイ　ねむるばら
広大な空間を夢にみるときもねむりついばむふくろうは群れ
光で浸す華麗な日ぐれ暗いモミ血のない肉の束の間の燃え
神々の所領ゆるがせ風吼える地の骨すでに凍てし一冬
今宵また行く人もない空漠の野にむけて吊す緑のあかり

フィーレの死

焦躁の夏すぎさってフィーレの死幾千の花風が吹きあぐ

黒色のけものの列が乱れちる緑剝奪されし地表を

閃光のきらめく日なり底知れぬ暗さ背負いて一人の兵士

失楽の谷冴え冴えとカリギュラの月のぼらせてしずくに濡れる

鏡の裏の荒野に風のすさぶ夜群集は野にいでて還らず

ママン

花が咲く　まっ白な雪のような花　それなのになぜ僕は淋しい

なぜママン　魚は光って川をゆき　帰ってくるの？　虹はきながら
ねえ　ママン　鳥はとびたつ　なぜ鳥はうたれるためにとびたってゆく
郵便夫バラ垣の家をゆきすぎて僕たちに今日も合図はこない
ねえママン太陽を抱くそらはなぜ　日に一回はもえておちるの？
あの人は行ってしまった　だがママン　僕はこうして野に立っている
風の中で手をつないでる僕はねえ何をママンにしてあげられる？
僕たちは　汽車にのらない？　夜明け前汽笛の音が僕をゆするよ
一筋の道があの尾根こえている　その先をママンみたくはないの？

僕たちは今生きている　だが明日も　よりそって野に立てるのかしら

無人村落

収穫も刈りとるもののあればこそなおも日照りの無人村落

すれちがうははたして神か草背負い黒衣ひきずり消えゆきしもの

あきびんにワインみたしてゆくごとく残照はある村の一隅

耳底に蹄鉄を打つ音ひとつ射こまれしまま村を立ち去る

花の集積

完璧な球体にうつる樹木の目　植物学と遠のく白馬

すきとおる花弁のうらに魚族住み夢の再生くりかえしゆく

両瞼を閉じた視界に何万のかげろう孵える死への告示か

細胞と血の荒廃がはじまって実に静かに死滅する星

びっしりと花集積す月下にて回教寺院に死者は立ち寄る

暗黒星

まひる　泣き出す前の沈黙の領域をよぎる黄金《きん》の山犬《ジャッカル》

体をまく鎖の微光山頂でつねに嵐の予兆まちおり

上方に腕のばしきる磔刑の胸一条の幻の汗

颪にのり石炭袋《コークサック》をかつぎあげ暗黒星へ彼は旅立つ

子供よ　夏は！

泳げ　きみ　それは小さな水しぶき　紺一色の方形の夏

あなたの目　あなたの手足その唇《くち》にきみの歌もて　桔梗色なる

子供よ　夏はうすみどり色の酸に満ちかすかにリリ………と幻のベル

青ざめた旗手　原っぱの夕景の戦争ごっこ　子供らは死す

あなたの樹　背丈の位置にくわがたのはりついたまま　の　一日

戦慄は草原の彼方よりよせて不意に立つハメルンの笛吹き男

Kに贈る夏

夏はやや哀しみをおびた香を放ちわれら二人をひきよせてゆく
じりじりと刻にくいこむ立ち葵凋落を待つ者に答えよ
きりとった時間の中にただよえば水面に虹を散らす嘔吐か
掌《て》に汗を　口にオレンジ　内壁のただれて熱い午後に入りゆく
しなやかに傷をなめあう猫のいて急速に暗くなる午後三時
やがて雨　それも久しく待ちかねた　かさねる腕のしだいに重い
ムチならし犬連れた人がゆきすぎるその背の高さほどの日没

岩壁に吐き出す種子よ　翌夏をもしや芽吹いていてはくれぬか

空っぽなゆり椅子がまだゆれている閉め切った筈の扉の背後

ゆらぐ夏

しなやかに腕ほどきあいひえびえと水がみたしてくるような朝

むきあえばおしろい花もまぶしすぎたしかめられず夏を去らせる

わが影の胸のあたりがうがたれて石工の店は午後せみしぐれ

川をわたり水門に近く君がみえみぞおちで啼くこおろぎ　暗い

ささえられ一列に吹く風の中蛾の触覚をわたくしは持つ

逆光に神のごとくに君は立ち野に散乱の夏花の種子
晩夏の野　蝶むすび又は花むすび人はやさしく放たれ消える

旅行者（一）

枝々に黒い果実をみるごとくふくろうはいる冬の風景
この夕べほうほうと啼きかわしつつわが周辺をせばめくる群れ
眼底の川の流れがさわ立てばわが風景も風ふきすさぶ
旅立ちの夜をひそかにたたずめば無灯火の馬車眼前につく
山荘のだんろにはぜる一束の薪の木肌の未来への地図

盲目の巡礼が一人とおりすぎいつまでも見えている荒野

尖塔にふくろうを飼い金文字でかきつけてゆく地の果てのこと

旅行者（二）

野犬狩りの夢のつづきは野の彼方月光の中を影がとびかう

塔の上あやうく落ちるわが体ひきもどすものは誰の手なるか

日ぐれ近く外套《マントオ》が舞い真紅の裏ひるがえる……………とみしはコクリコ

野の果てよりひびきあいつつ水は増えわが出で立ちもきめねばならず

水底はややあたたかく頭上よりゆらめき落ちる冬のイカロス

鳩還る

地下にあるコーヒー店のカナリヤがかきわりの春にふるわす胸毛

裏街をえらんであるく淋しさをわかつためにも雪少し降れ

振りむけばつと腕がのび肩ごしにさそうがごとく海はうねるよ

ポーカーのチップかけつみあたたかく気だるく明日をゆだねてしまう

髪が濡れて不意にさむさがおそうのはわかれて氷雨かけぬけしのち

ふかぶかと羽毛の中にねるごとくおおわれていてきさらぎはつか

盲目の鳩いとおしむ鳩舎よりことごとく飛翔させし片隅

地上での雪の深さをはかりつつ別れにはふれぬ　ダリのだまし絵

鳩一羽　津軽海峡こえ還る　ほのあかるんだ空ひきしぼり

底ごもる季節

敗北の意味さえ知らぬ青年の輪の中にいて遠雪崩きく

はじめてのくちづけ不意によみがえり麦つんつんと天を指すなり

急速に風化してゆく黄の花が音もなく飛ぶあなたの荒地

夜の中山羊したがえてとおざかるあるいはひとりひとりの未来

あゆみゆく不思議な時間貨車がすぎ蛾の産卵の夜明けのみどり

植物の目にのぞかれる市街地の日曜の谷にあなたは還る
　　けだるくも春

ある春の現象のように抱きしめて青年は去る風荒れの中
ようしゃなく髪みだされるやさしさにさからいながら何の涙か
西陽さす骨董店のデスマスクわが腕に抱く日いつのことなる
夜が匂う　堕天使となり吹かれゆくサンタ・マァリアつかれていいます
待たされたあそびの中の一頁むろ咲きの花もねむりに入る
夜はいまひとつのことを物語る暗いはしけのすぎゆくように

確実に失いしもの胸もとに風ふき入ればけだるくも春

夏の一族

暗紅のガラスの芯を吹きぬけて這うごとく低い風の解体

寒い夏　パン屋はパンをやきはじめ永遠につづく発芽の匂い

無防備にわが立つ背後麦畑ひそかにうれて西風に響る

抛物線の内側に黒い種子　夏は間近　絶対の休息

夕暮をくぐる無数の滞在者とぎれとぎれの暗いカンツォーネ

製塩所　長き梯子がよこたわり海より刻のよせくるを見る

にび色の影の支配の中央に一本の樹がはこびこまれた
マイナスの共同記号わけてもつ斜面地帯の夏の一族
風変りな屋根もつ家屋　夏の傷　鳥は多量の血を流す
終章と序章のあいだ矢車の花みだれ咲く　何を見た

一つの過程

ショーボート岸をはなれる喚声が積乱雲の裏側にある
走りぬける白い馬たち　つぎつぎに大麻畠に姿を消した
下部にゆくほど紫の濃い円筒がはめこんでゆく一つの過程

背の針は立つ

胸腔にひしめく種子よ野にありて誰祝婚のうたをうたうや

地図の上のあらゆる都市に雨が降るうしろ手にドアを閉じし時より

モビールのヨット数隻　白銀にかがやき立てる夏の回想

三面鏡にうつるわたしはどこにいる部屋空漠の楕円オレンジ

誰も追ってはいないがオニヤンマ水平ににげつづけ全世界まひる

甲虫の背の針は立つ風の中今収穫の祝祭装置

ゆきすぎしのち

近郊電車のただひとりだけの疾走のここより気化す青ざめしのち
まんじゅしゃげかりそめの死のかたちとる君の足下にさく　まんじゅしゃげ
風の手ににぎられているおそなつのトマト畑の崩れゆく赤
時はすでにうしろ姿をみせはじめ鳥は光にうたれていた
何者かゆきすぎしのち封蠟が溶けてふたたび匂い立つ酸

原色の結合

木星軌道の寒き外部に浮遊する暗い紫　誰の過去なる

半円型の群遊劇場　からの椅子　静かなり火の中にありて
パン種の発酵の場は失われ風淡黄に毒麦しげる
ある図形がはらむ未来の複合の金属都市に響る午後の鐘
夜の底を混声のうたひびきくれば鳥は原色の結合をなす

黄なる三時

白い家　かげろうのようにうごきつつジャム煮つめゆくも一つの過程
ことごとく鳥の消え去る予兆して鳩時計啼け黄なる三時を
眩暈を背負いらくだがゆきすぎる水晶球の中なる地平

死者たちは廻廊に坐す快晴の天の梯子のあるあたり
海よ　海辺の墓地よ　恍惚と光たばねてゆらめいている

ガラスの仕切り

父は光　麦の道天へとつづき揺籃の中に燃える夏花
しんしんと眼底にいたみひろがる日薄紅の斑の鳥のおとずれ
空が揺れる　乳色の水と雨燕　海全域にフェニクスの灰
盲目の鳥がねむりをさまたげる枕の下は九ェイカの土地
黒の中に百足の羊封じこめある瞬間のガラスの仕切り

花燭台のかげりの位置にすかしみる沈黙の湖のひろがりの藍

突然の夏の冷気に匂い立つ黄金の新芽を闇は抱きこむ

銅板の魚がふれあうひびきより幻にすぎぬ閉鎖空間

耐えがたい夜の果てよりあゆみきて狂病院の中に入る月

レテの流域

四つ角に竜舌蘭はまたも咲きかのなつかしい瞳にさそわれる

誘われて海ほおずきの市に立つ海王とその海王の妻

闇を待ちいくどかわせる約束もつねに地平に月低くある

乳香樹　サッフォーの海もこの果てと思えばゆらぐ薄き地層よ

不死鳥の命の交叉風も凪ぐ夏白熱の輝きの中

たたかれて幻花地におっときあれば流されてゆくレテの流域

屋根の昏睡

桐の花　街路はるかにつきあたりの約束の地に夏をけむらす

うっすらと香油うかべる瀝青の夏なれば来よ風をともない

また出あうかの香りもつ若者にわが海港の潮も満ちくる

百駄の荷背負うらくだの群れに似て雲おとずれる境界地点

もえさしの木ほどに空はくれのこり担うに重い時の静寂

風すさぶ闇の内側白銀の異教徒の屋根の昏睡ながし

片足の鳩

天より麦のさかさまに生えそろう下つばさ透明な馬は駈けゆく

そのあした胸腔に熱い風がぬけ氷湖とかすと告げきしは誰

暗緑の傘の真下のわが領土蝶は無限の孵化つづけおり

人工歯、生命の移植、まちながら飢えたるごとく飾窓冷ゆ

幻を追いつめてゆく尖端の視野いちめんに気泡舞いたつ

市街地は銅板の中に背びれ立ち八方に離散集合をみす

わが眼下シャンソニエ死す海辺みえ鳩片足でとりのこされし

灯を消した一団の馬車がきしむのはビル高層の広場の荒野

一日を尾行されつつ蛾のごとく鱗粉をちらしすりぬけて来た

その日より日附変更線こえてくる一つの飛翔またれているか

体温の低きものたちよりそえば夜間飛行の席は片よる

モールスの信号をうちつづけつつ地上最後の西陽の一人

カンテラをかかげ荒野の端に立つわが標的を射つ者を待ち

累々とぶどう紫紺にかこまれて雲の転位をつげられている

鉢植えの樅やせつづけ子供らに降誕祭はいかにきたるや

次元ジプシー

銅板の植物画より蝶は発ち氷河きしめる耳底の闇

いつからか水平線を失いし海茫洋と水位高める

閉ざされた海辺かすかにきらめくがかの夕景も武器は光った

実に彼らは任意のわなをめぐらせてみごとなまでに追いつめてくる

足音がいつまでも残るほどに晴れ坂道は今日もくだる人のみ

「あれはまだ生きている」とのささやきが群集の中にしみゆきて夏

解放という名の山羊が柵の中風に吹かれてやさしげになく

はるかより棉花《めんか》の棉毛《わたげ》とびきたりコーカサス今いかなる季節

雨ばかり　椅子のくぼみに発芽する悲しみは長い意味をもたない

昨夜神々の対立がありエーテルの海におちてくる時間

さらにつづく海へのおそれ市街地に藍にじみくる白昼の

一滴の水がおちゆくまでのとき緑ふかめる比類なき静

白銀の鳥とはがねの蛇のいてわが博物誌終章に入る

月を最後の証人となし少しずつ死に絶えてゆく晩夏のかれら

ふるえつつ真空の中に野は展け刺して逃げゆくわが影のある

薔薇を喰べ狂人は視るかの地平砂時計の砂おちつづければ

死を含む空間無限新月の夜を待たず発つ次元ジプシー

荒廃の空間に花は立ち枯れて一個の核のみごとな分離

冬を抜け

実に　この長い冬をあゆみつぐ肩に一基の燭台をのせ

はらはらと花弁はたえまなくつもり埋めつくされし甘き午後なる

いまいちど重いまぶたをあげてみてそれよりねむる果てもなきほど

これは夢それともうつつ緑色の川の蛇行も記憶にあれば

野をいでて不意に小さきパン屋ありゆきちがう人もこうばしかりき

すれちがう白馬よごして雨は降る曲馬団《サーカス》移動はじめし日ぐれ

淋しきかと風は問いかけわがめぐり吹きぬけるややためらいながら

夕光を馬とわたしと共にあび風景の中に封じられいつ

幾千の幹も血をもつものなるかうすくれないに匂い立つなり

片方の手袋をぬぐわが視野に海まぶしくも春の潮鳴り

鷲のいる場所

戸を開く上昇気流一枚の羽毛捧げて吹き入りきたる

黒羽根の予兆　下より登りくる騾馬の背にゆられいる薄き影

手綱とる手の甲にみし黒き斑ゆきすぎに熱い風をおこせり

忌詞《いみことば》不用意に口にせしゆうべ戸にもたれつつ神よいずこに

凶鳥と呼ばれる鳥は鳥類の図鑑の中にありて首伸ぶ

鷲のいる風景の中に入《はい》りこみ持ちきたるものはすてさりがたき

眼下はるか草原なびく風景を脳裏においてねむりつぎたき

つまさきをとられる　暫時　あおむいて黒き翼の呼ぶ風の中

胡桃割る指先しばしもつれるはまだ帰らないものへの思惟か

足よりも頭蓋がさきにおちてゆく汝の落下は花より軽い

両翼をひろげたままで休みいる逆光の汝はかくも暗きか

谷の鐘　祝婚なりや視野に入る山々深いこだま返せり

穴ふかく冬越し野菜息づいて身をよせゆけば暖かかりき

天と地の中間にわがただよえばごうごうと響《な》る太陽の樹々

右に首まげれば左肩さむく冬響りの樹に何の近づく

尾根に立つ煙のぼれるその先の黒点われに還りくる鷲

チエホフの鎖

冬の芯　王の意識をもつ樹木　回帰なく刻はきざまれている

闇にまぎれ移動牧畜羊飼い原野に立つは何処の星より

ガス燈がしぼる光の輪の中で霧は退きゆく汝れの墓場に

欲望の領域の中の原野にて霧ひひと降るわれの腹腔

犬はチエホフのきれぎれの鎖ひきずって春のはじめを遠のくばかり

視角の名残り

初夏　地平より麦の風おこり群生のいらくさのひるの麻痺

魂の傾くごとく月は落ち市街地もいまや神の領域

心音の位置透視する部屋なれば精神の暗夜に海をひきいれる

うずくまるわが背をかすめ風の芯静寂の中に陽は偏在す

訣れの光

夕景の光あつまる彼方より喝采をはこぶ風の訪れ

誰のために晩鐘は響る火の絶えておそろしく長い刻の支配下

還りゆく人は地表を風となり掃くごとく淡く吹きすぎゆくか

枝々に閃光放つ裸木の風景をもやす時の推移よ

北斜面　風の反転　一本の樹がただよわす終りの香気

鏡の中の時間

碧空に黄色いバケツ音もなく引きあげられて暑き市街地

過ぎゆくは鏡の中の時間かなはいり来たりていでゆく人ら

数滴の香水の香をさりげなく汝にうつしてわが夏闌ける

紙飛行機を折りつづければ雨の昼のせて発たせる夢などもたず

手をのべて何つかみたき深夏《ふかなつ》の真芯に位置し樹々削がれゆく

かたくなに背をむけて立てば背後より追風が押す土手のすかんぽ

かなり長い呪縛なりしよ氷柱花色も変え得ぬまま老いゆくは

裡にいま何も飼わざる檻もちて夕景の中　一つ幻燈

幻想の揺籃

執拗に幻影を食べ生きつづけやせてゆく夏の見えざる輪

昨夜心にきめた　あの城を閉じること　烈しい夏のさかり

背が寒い　一連の詩を口ずさみわが城の内部もえつきている

風は吹いていたにちがいないたしかに　肺がこんなにふるえるならば
培養室に死を養って夢もみず誰もがねむる刻の接ぎ目を
ゆっくりと刻のすぎゆく一点に圧縮された夜の花の音
残された一群の樹木いくたびの欺瞞にみちた夜をくぐるのか
希薄な空気滅亡の予感収穫のきざしをみせた畑はやかれる
眼球の隙間より風のしみ入れば凪ぐことを知らぬ海はくれゆく

開花期

白清く少女けむりのごとくゆく開花期を待つミモザの真下

いなずま走るわが誕生日午後三時頭上の雲の位置たしかなり

落日下幻の牛横たわる角に無限の光芒をひき

Cフラットに音階をあわせ誰がまつバラ垣のバラ黄ばむころまで

かすみあみにかかる鳥さえおそらくは恍惚とつばさゆだねるか　初夏

いちご盛《ざか》り

だれもかもさくらをうたう刻がすぎわがひまわりは首立ちはじむ

胸腔に紅のひろがる季節なりいちご盛《ざか》りの束の間なるが

ベトナムの難民に似た服を着て五月彼らはまつりを開く

かかげるは頭上に幻花ゆらゆらと。　雨の街並わたしもゆれる

夏　黒手袋の男いてひそかにドアを閉じて去りゆく

ひとつ又ひとつと浮かび消え去るはどこの人々　雨季の窓外

ぬれそぼちにじみひろがる紙の花臨港祭もおわり夜明けが

パルムより青年ひとり発つという金の背文字の本を伏すとき

やみに視る見さだめがたき人の影野望はげしきかの日の君か

青年はつねに渇ける切子皿ミモザの樹下にしばし静まれよ

ふつふつとわが魂のゆすられて栗の花房夜のどの位置に

あとがき

第一歌集『未明の街』から、早くも八年の歳月が流れていた。ひた走りに走ったその頃にくらべて、この八年のあゆみはかなりゆっくりと、その足どりも重かった。思うことのみ多く、立ちどまり、思考する時間が長かった。編集してみて、あらためて、かなり種々の試みをしていた事に気づいたのである。

子供のためには、「マザー・グース」のような短歌を作りたかったし、大人の寓話ともいう「ママン」も、私の大切な世界であった。男の哀歓を、ドラマチックにうたいあげたかった「君は………」、都会のものうい愛を作品にしたかった「けだるくも春」等を経て、もっとも新しい作品「いちご盛《ざか》り」までの、五百四十二首、昭和46年より53年までの作品をもって、第二歌集とした。自らの移り変りを、もう一度たしかめたく、歌の数はなるべく多くおさめた。

又、口語歌は、口語でなくては表現できない自分の世界をうたうために、どうしても必要であった。

第三歌集は、おそらく今まで、自分がふれずに来た部分をうたうことになるであろう。『森ざわめくは』はそれへのかけはしとして、どのような意味をもつことになるのであろうか。

加藤克巳先生には、混迷の時期をおはげましいただき、歌集出版に際してもいろいろ御指図いただいたうえに、題簽、序文までちょうだいし、心からお礼申しあげます。なお、つね日頃何かとお励まし下さった個性の諸兄姉にも感謝申しあげます。

又、こころよく出版をおひきうけ下さり、種々お骨折いただきました短歌新聞社の石黒清介社長と、社の方々に厚く御礼申しあげます。

昭和五十三年九月

筒井富栄

冬のダ・ヴィンチ

一九八六（昭和六十一）年九月二十日　雁書館　刊

目次

野分に近き街 177
巷のマリア 179
異人街 180
淋しき位置 181
桜花残像 182
冬のダ・ヴィンチ 184
チャイナ・クリッパー 185
駈け抜けてゆきし者へ 186
港町 188
魔術師 190
村 191

薄明の時間の推移 193
風　景 198
幾夏過ぎし 200
旅立ってゆく 203
去った季節 204
夏よ！ 205
掌に戻れ 206
風荒ぐ三月 207
夜を走る 209
風の辻 210
円　心 211
スケッチ 212
内より閉ざす 213
背景の闇 214

水と月のあいだに息づくものありて胸いたむ雪が降るのだろうか

野分に近き街

あわれ風の中にうたありて　秋　人ら暫時の休息をもつ
片目にてみる甘藍の畑中にはぐれて咲きしかまつかの紅《あか》
ことごとく枯れつくしたる檜葉の垣　森より来たる家族住みたり
いっせいに葉裏みせつつ冬に入る森あるならばわれをまねけよ
楽隊は花をまきつつ通れども葬送の賦と誰が気づくや

黒き馬凶事を曳いて街をゆく装飾楽譜のごとき一日

両瞼をとじれば川のごときものよじれつつみゆにぶく光りて

からたちの棘そのさきをつつきつつ怒りわずかに下降させんか

いつからか人は持ちおりその器千ならば千の月をうつして

叫ばんと声あぐるときめぐりより風不意に立つ昼のさびしさ

誰も彼もめぐりに風をともないて野分に近き街をあゆめり

ぶどう畑に銀白色の雨の降り言葉少なき父と子が住む

巷のマリア

アヴェ・マリア　誰の子供がねむるのか日除けの下の黒い乳母車

ゆっくりと花のワゴンがゆきすぎてそののち誰も坂を通らず

ゴルゴダの丘にはあらぬ丘陵でイエスの像が風に吹かれる

まるまると子をみごもった魚売られどの窓も淋しき顔うつしおり

マリアよりマリアにつがれゆく母の血をもたずして遠きナザレよ

牧師館　神学生はまだ若く神にゆだねるすべもたざるか

むずかるは幼きイエスゆすりあげ坂をおりゆくマリア淋しき

イエスよりマリア苦しき黄塵の空の真中に傾く十字架《クルス》

異人街

緑色のコートの裾を乱しつつ深夜街路を風にまかれる

サーカスの天幕の上のオレンジの灯の明滅が照らす干草

ヤコブの店にヤコブはおらずこうこうと灯はついていて肉は吊さる

風まとう寂しかれども異人街船唄うたい消えし影あり

ライ麦のパンをこねいるカイザルが片手あげつつほほえみくれし

坂多き街を下りてまたのぼる祖国をすてし者のふりして

青年を激しく恋いし日のごとく船停泊す冬の港に

石壁にもたれてみればイカロスが墜ちつづけたる空の暗さよ

夜を背に船を見しときふと戻るわが過ぎこしのひとつの季節

硝子越しに見えるあかあか火は焚かれ聖夜劇など演じる者ら

首折れしアマリリス道に散る箇所をふみこせばもはや遠き愛恋

見上げれば二本の棕梠は打ちあいて冬の嵐の前夜を立てり

淋しき位置

海が荒れたと少年ふたり話しいる落日の下影となりつつ

ひとびとは寂しき刻をわかつため日ぐれにちかき街に溢れる

群鳩の戻りくるビル屋上に夕光しばしとどまりてあれ

いつまでも薄き夕陽が落ちぬまま記憶の底によどむ日がある

ふりむけばひとはけの紅となる空に風は淋しき位置をたもてり

桜花残像

生きるとはいくたび花をみることか河岸の桜今朝きられゆく

人界の暗き底意に花万朶斉唱ひくくまつわりていし

ぽつねんと桜若木がゆれている狂病院の庭の一角

過ぎし日の焦土に重く花は垂れ面伏せしままわれらあゆみし

散りしいた花吹きわけて風ゆかば行く手やさしく弧は描かれる

首都に馬つながれていてひたすらに吹雪かれている花のゆうぐれ

地底より闇押しあげて咲きいずる花まぼろしと思うかさなり

幻影と花とかさなりあうところみえがくれつつ誰か遠のく

ふりむかぬ人の背後をつきゆけば桜並木の果てに吸われし

造花《つくりばな》咲きさかる下市街地に春のまつりは過ぎようとする

冬のダ・ヴィンチ

街角のポスターの中のモナ・リザが薄くほほえみ首都冬に入る

ダ・ヴィンチよ亡命の日の雲は低くミラノを発つ背丸き冬なり

フィレンツェの青年の群れをみるようにあでやかにいま夕陽落ちゆく

サライその伏せた目の位置に鴨のいてともに淋しく陽ざしあびいつ

ヴェネチアの水にうつりし影砕け追いゆくものはつねにのがれき

雪降らばわが窓下をゆきすぎるダ・ヴィンチとその男弟子たち

太陽も見放くる首都を風は荒れわが視野すぎる冬のダ・ヴィンチ

チャイナ・クリッパー

——三本マストの全装帆船。大航海時代のあのロマンを、人はもう手にすることが出来ないのであろうか。

敗者とは何を指すのか海峡に今夜も霧の立つ気配する

起点港　船名は詩のごとくして群走を待つまぶしき休暇

午前五時二十九分帆影は水平線下　南西風徐徐に強まり

総帆絞れ　停止せよすぐに　わが視野を真一文字に横切る船よ

風をつかみ海峡をせり上りこよあらんかぎりの帆をば孕ませ

旗を捲きかすかにゆらぐ艤装船抱きしままに海はねむらず

右舷より燈火が音もなく迫るねむりの中でみえし海溝

円卓の上の海図があおられてわが領海に逆風が吹く

この夜半海霧立ちて視界よりぬけいでてゆく帆船のある

霧の中かすかに旗はふられいてさむざむと遠く海は荒れている

駈け抜けてゆきし者へ　寺山修司に

ひっそりと初夏《はつなつ》の樹下わが視野につばめ切り裂く空が拡がる

雨が降る　坂は淋しい　ふりむけば日かげ色して劇場はある

形なき手紙を一人一人宛かきて逝きたるゆえに悲しき

青白い光の底の方形の空間は君の背丈にて占《し》む

この夏を枯れひまわりは立つならん地平のはてのそのはたてまで

タンポポのわた毛の束を吹きながら君逝き去りし五月　麦畑

日はかげり地平を走るかげをみる　君　田園に還れ　ひばりよ

ひばりからひばりに伝えられゆくか壮年にして彼は死せりと

いちめんにひなぎく咲ける野のありて君のたちくる予兆きざせり

真上には雷雲かかげ一本のかしの木そよぐ葉うらやさしく

麦　ひばり　そして淋しき市街地にわずかばかりのうまごやし咲く

一つずつ灯《あかり》消されてゆく街に花ゆらぎ立ちあなたはねむる

音もなく幕閉ざされしこの劇場《こや》の小さき闇を抱きて帰らん

港町

魂はこの午後うずくかなたより青春という呼び名かえれば

網膜に花ふりしきる空間でまむかうものはいずこにありし

高々と掲げし旗が自堕落に竿を捲きいるわが背後にて

薄ら日の街を山羊ひく男いてわびしき刻がいろどられゆく

吃水の浅からぬ船がわが裡を横切りてのちの冬の怒濤か

紫にかげるめがねをかけてでる想われている午後の恋唄

シャコンヌを自動ピアノが鳴らしいてなりやむまでのひとときに待つ

ゆるやかに目を閉じてゆく冬海にかもめ睦める光景をみて

猥雑な言葉散らしてある壁にもたれて長く汝を待たんか

ゆきずりの男尾《っ》きくる夕ぐれは欲しきもの手に入らず終りぬ

海ふかくゆれつつ腕輪沈むのをわが水葬のごとくみており

鳥はそこにあなたはここに位置すれば淡くふれあう夜とならんか

血をさわがせて冬の没り陽が去りしのちいかなる夜を生む港町

影に入るときデモンのような顔をする冬の男の赤きマフラー

魔術師

魔術師は野に立ち病めり地平より冬の雲よびかえさんとする指先

ことごとく地平をさしてにげる風冬ふかく鳩は汚れていたり

時を越え吹きくる風よ禿鷹を頭上にあゆむ少年をみたか

冬かげりわれにやさしきひとびとは地平をさしてあゆみはじめる

風やみて雪ふりはじめ硝子絵の中の城塞はねばしをあぐ

かの馬車は出立せりと亡びたる町の名前で速達がつく

デスマスクに似せて両眼とじるとき霊園みゆる誰がための墓碑
九羽の鳩身をよせあってトランクのあけ放されたままの室内
ロックして部屋より消えし魔術師の冬の契約残されしまま

村

村　しかしかなり大きなガラス壁面と空間のある建物をもつ
東　はるか遠方に真一文字の海
西　荒涼たる瓦礫の果のない赤い土地
南　樹木と樹木の葉ずれの中に鳥は巣をかけているはずだ

北　地平線にはいつも雲　空の上と下とにあの山はある
八月は尖塔のてっぺんにきりきりとふるえているが
十五日といえば雲はもう瀝青《チアン》の中にとける
ナラ材の屋根の急傾斜二等辺三角形の中の夏
旅行者は街道を東よりやって来て道標に低く陽がさしている
北からは冷気を束にした風が吹きすぎてゆき多くが死んだ
山裾から山頂にかけて夜を通し灯がうごく鮮明にもえている
舟が川をわたるというがもう少し乗り手を待つと舟主が言う

乳母車押しながら来る若い母　子を抱きあげて舟にのりこむ
子も母もたちまち淡き影となり舟ゆるやかに漕ぎ出だされる
誰が吹く　短調を吹く　いつか秋　さんさんと村に陽光は降る
残されたわが周辺を靄は這い閉ざされてゆくひと夏の村

薄明の時間の推移

穀物倉に袋の量《かさ》がふえてゆき朱花咲きのこる村の広場よ
階段をくだる　いくたび　暗緑の首さし並べ壜はねむるを
夏の陽を吸いつくしいま薄明の世界に入るか彼らみな

酒倉のドアのひとつに紛れこむ　船に待たれているとも知らず
ぼんやりと幻燈のように船はある追憶の中のかの日にも似て
出帆とはあまりに暗い枯葉月地下水面にどこからか風
くわしくは影とよぶべきほど淡く船上に見知らぬ顔のひしめく
ひざを抱きねむりに落ちるまでの刻成しおえしこと五指にみたざる
油《ゆ》のごとく水くらみたる水面下翼なきため魚は棲みおり
船首にゆれる小さきランタン光輪にとびこむ鳥は声なく消えし
いく日もいく夜も船は舟唄をうたうことなく漂い下る

いく夜がすぎたか知らず前方にざわめきがおこりかすか明るむ

両岸が迫り頭上にさむざむと裸木の枝は何処さし示す

とびすさる鹿らしきもの水際に永遠につづく波紋のこせり

薄明の中で聞きしは遠花火　あるいは処刑終えし銃火か

戦火よりのがれてさらに飢餓に入る村あり薄日さしこむ中の

いちめんにうすくれないの花が浮き船体をまきてなおふえつづく

べったりと右頬に髪はりつけて母若からぬ子を抱きおり

つぎつぎと窓閉ざす村鐘楼の鐘つき男刻を告げれば

いましがたごく少量の血を吐きし男右肺に弾痕をもつ

凄惨に青火がもえる左岸みゆ海の墓所とは誰がささやく

鼻孔より荒き息吐き頭に粗布を捲ける男もほどなく死せり

老いし母の壮年の子は薄明に記憶次第にうすらぐらしき

幾たびも地平をよぎる列車あり地をはしるものは安らぎてみゆ

胸腔に血は溢れるか生ぐさく青年の過去を吹き荒れし風

訴えるごとき目をして少年と少女抱きあう遠き雷

夜明け方ひとつぎつぎに透きとおり人体をすかしみえる対岸

出航はいつであったか傷つきしこのひとびとは何であるのか
思えばわれら過去戦いの中にいて激しく刻をきざみてきたる
歩哨立つかの村なりきくりかえしねむりの中でわれが目指すは
ゆけばとて村森閑と影もなく村道のみが白くあらんに
畜舎より昼を寂しむ牛が啼き時折風が渦まきていん
気がつけばひとびとは消え船上にひとりのわれが衿立てていつ
ねむりつつ狩猟のラッパ聞くような冴え冴えとした朝を欲るなり
真昼とは別れて長い船旅にいま薄明の時間の推移

風景

暗紅の屋根が突然みえはじめたしか記憶の底の風景

この川に青年がひとり立っていたあの窓の内に暖炉があった

石垣は崩れているがだがしかし鉄扉にのこるこの頭文字

あのドアのむこうに陶の傘立てと蛇の握りのついた靴べら

客間では三方の窓のそれぞれに立葵首をのばして咲けり

塩害で新芽枯らせた杉木立ややおくれつつ緑をつける

まわりこむ庭の裏手の木いちごはあまりに茂り風のみさわぐ

かみなりに打たれた杉の一本はこの地を発ちしときのままなる
木造の玄関のドアの内側が胸つきあぐるほどになつかし
あの頃はゆっくりと刻が過ぎていたやさしさに満ちた夏の風景
落日のように焚火がもえおちてそれから不意に冬が来たのだ
いずこよりきたる報《しら》せか鞄から紙片とり出す男のありて
玉ねぎの皮むくごとくつぎつぎとむき散らされてゆく一家族
寝台にくぼみをのこし連れ去られそのまま消えてゆきしひとびと
処刑地でありしこの地の一角に吹きよせられて咲くうまごやし

ふとのぞく硝子戸に厩うつりいてたてがみ乱す大き目とあう
ふりむけば茫々と茂る夏草のただゆれている遠き果てまで
墓碑名がかすかに読めるほどのこるこの苔の中の時間の流れ
断たれたる若き時間の断片の呼び返さねばならぬ風景

幾夏過ぎし

起爆地点に白煙のあがる午後にしてとおきものみなかき消えてゆく
黒鳥の群れいっせいにとび立ちてただひとときの草のざわめき
透きとおる無数の蛇がうごめいて生あたたかき風が立ちくる

敗走のきざしをのがれ来る森に陽を透かしいる血の色の花
木洩れ日のゆらめく寒き背後より軍靴乱れる音をききたる
家畜小屋に火の匂い立つここもまた逃れるまなく燃えておちしか
ひどく暗い地平線よりわき立ちて午後をおおえる雲の増殖
確実に雨滴を含む西風があたりを包みもはや日没
人影とも思えるが壁をつとはなれ静かに闇にまぎれてゆきし
はるかより地鳴りきこえる長き夜北斗もわれの視野をはずれる
局地より飛び立つ鳩が墜されて再び長い夜をもつのか

誰の死を告げるか烏夜を啼く闇よりさらに暗い音域

耳をすますが闇ふかくして真紅の旗ゆれうごく列はみえざる

南下する隊列ありときどきしとき容赦なく夏の雲は崩れし

呻きつつ牛が曳かれてゆくところ貨車その奥に闇をのぞかす

永遠にとどかぬ空よ背のびしてあの日丘には少年がいた

霧の中捲かれし旗の永遠にはためく日などなき予感する

山脈にゆたかに雲はゆききしてまれにやさしき一日があり

北からの季節風《シャマール》よ　風の中にある追憶を断ちて幾夏すぎし

＊＊＊

戦いを幻影の中に封じこめこの夏もまた過ぎ去ってゆく
　旅立ってゆく

花は真白に泡だちなだれ咲き　細胞病理学教室の窓は開かれた
駈けぬけた季節の中で雨が降りつづけブリキの器はいまも叩かれている
石の背後に月光がさしやがて音がひびきあう　今夜生れる者よ
風は腕の中に人人を抱き膨張しつづける宇宙を駈けるのだ
とても遠いところから牡牛たちは歩き続け地球を抜けて旅立ってゆく

解き放たれたがいに好きになるだけの気泡のようなひとかけらの刻
真夜中の鏡の奥に群をなしてうごくみそさざい暗い安息

去った季節

走り去った季節をまだみつめている男の喪服の裾が風に裏返る
いっせいに鳴るのは弔鐘か　昼の花火が高く昇る
木綿の産着がはためく陽ざしの強い午後ああ何も彼もが去った
吹き流しの旗が方向を変えた　黒い馬が通りすぎる
忘れていた潮の匂いを運んできたのは風　海ももう遠い

風が低く吹く　わたしの死ぬときも　風は低く吹くか
黒い馬の乗り手はもういない乾いた大地には乾いた種子があった
窓のむこうで季節がほどけにんげんは無にもひとしい存在になる

　夏よ！

黒揚羽路上に叩きつけ沛然と雨は降る　夏
街にはエトランゼが溢れ淋しい風が　吹いていた
雲の下に閉ざされた家はありスカートの中を熱風が吹きすぎる
開かれた窓の外を飢餓の列が通るのをみたくないと言っては悪いか

まみれるほどの血もない人々よ　風はただ中天にある
目を閉ざしてはいけない死はまだ青白い惑星のあたりにある
つめたい光が街を流れる　何とつめたいのか　何とつめたいのだ
降りてゆきたい　水をみるために　この渇きの夏よ！
雨の煙る朝　石造りの馬たちを支配する無数の神話
際限のない話題のはてに消えかけている火　丸い静かな光の輪

掌に戻れ

一列に鮮紅の花咲き揃い咲きそろうゆうべ風は強まる

くちびるを野の斉唱にあわせれば不意に転ずる五線紙ありき

灼かれつつ少年の腕がつかむ花はつなつのアポロ野に舞いおりる

少年と花あじさいに雨が降り地鳴り静かに近づいている

鉄の匂いをただよわす汝とブランコがうなりをあげて今落下する

鳩の群れるうすむらさきの一隅がにじむとすればわれの涙か

雨足のつよまる前に光りつつ一羽の鳩よわが掌に戻れ

風荒ぐ三月

ひそやかに背後を通りぬけしもの雪の前夜はただ静かなる

都市に雪降りつむ日なり道化師は目尻に涙描きおえて立つ

細胞が彼らの中にふえつづく動物実験小屋の春の日

風荒ぐ三月ははるか彼方から警鐘ひびく昼火事を告げ

春きらめき水は溢れる円筒のガラス器はあおぎみるほど高し

両腕にきみ抱くとき風塵の激しき首都は午後になだれき

遠ざかる青年の肩薄ら日にやや傾きてゆるるやさしく

市街地はいまだ暮れ得ずひとむらのあかりのごとく倒れ咲く芥子

花びらをひらきかけたる花たちに冬の名残りの雪降りつめり

夜を走る

眼底に百万本のあやめ咲きくぐもりていまだ水はねむれる

いま海はたかまりきたり向かいあう椅子のひとつにもたれて熱き

海峡をこえくる船の遠くしてすでに飛翔をあきらめし蝶

鈍色《にび》の落日となるめずらしくオルガニートと連れになりし日

風落ちて街落日にそまるとき憎悪はげしくわれを捉えき

きしむのはわが内壁にある扉　火中《ほなか》にうたれゆく鎌のある

無能なる双手に光る稲妻を捕えんとして夜を走れり

斉唱があゆめるわれを包むとき充ちたりているこのひと夜のみ
夏至　わが誕生日　夜　青き星一つ墜つ

風の辻

かの日掌《て》の蝶あわあわと死にゆけり黄炎もえるわれの菜畑
昼ふかし醒めればはるか郵便夫夢のつづきのごとく去りゆく
ふれあえば消えてしまうと思うほどつがいの蝶のもつれて淡し
どこまでも風に追われているばかりあわだち草の黄が寄せてくる
夢をみた　野菜畑にとぎれつつ麦笛を吹くわたくしがいた

祝婚歌　ノラの予兆を抱きながら林檎の花の下をあゆみし

不穏なる春のゆうぐれ目の前の坂をころげてゆきし空罐

風の辻とりのこされているわれの背後わびしく風琴きこゆ

円　心

無頼なる青年がひとり通りすぎ海への道はそれより閉ざす

鳥と影との二重の飛翔おそいくる海まひるまの孤絶の時間

炎熱下商人めぐる村々に風無限うす紅の花が咲く

かまきりの交尾日ざかりじりじりと裡よりかわく舌をもちたり

たくらまれおびきだされて次々と鳥撃たれるは空の真芯か

遠くより輪になりその輪ちぢめつつ円心にいるひとりを葬《ほう》る

見はらしは墓地へと展け無花果の樹下の挫折の集団は散る

スケッチ

カフェテラス月欠くる夜の青年の腕に少女はやすらぎている

花屋では花のみならずロマンスを売るかのようによそおっていた

青年ひとり木製の階くだりくるつやめく星の夜空背負いて

トルコききょうの紫沈むうすやみを抱いて花舗のねむる如月

花を泣かせ鳥を泣かせて雨は降るキャンバスの中の街の灯にさえ

オリオンが冬星天を征す下彼ら影さえ失いていし

三角のストールの黒ふかぶかと青年は抱く冬の少女を
　内より閉ざす

市街地の落葉風に渦をなし幻光を曳いて人ゆきすぎる

北国の男たずねてきたるときくらぐらとぶなの森を思いき

わが想い北にありせば流氷の寄せくる海を湾港が抱く

内臓に冬の海鳴り寄するときわれは背後に悲歌かくしもつ

葬送の名残りか黒きリボンかけとりのこされている冬の薔薇

悦楽は一本の樹のかたらいが森恋うわれの耳おおうとき

一月の屋根月光に輝いて傷あとをなめる丸き猫の背

背後にて時折風が吹きすぎる内より閉ざす冬の城塞

背景の闇

ふりしぶく雨に孤立の標識のその一区劃否定されいる

ひたひたと水満ちきたり昨夜までつながれていた舟の流さる

眼前で鳥の撃たれる幻覚よひるあかるすぎてかすかなきしみ

ここにひとつの空間があり見知らざる街をただようごとくあゆめり
かの日あなたは高々と旗かかげしが今垂りし手にもつものはなに
寄せてくるまなうらの波　激しつつ語りしは過去影の世界
川にごる夏ゆうぐれに近きころ人声はする水の底より
くちびるを噛みてあゆめる首都の夏彼らの死後を誰うたいつぐ
火の匂いふとなつかしき罹災地の花季《はなどき》をうばわれし葡萄園
いつか野火もえひろがりてゆく果てに遠き市街地ゆらめき立てり
てのひらをあわせて強く押しあえど銀河流域なおくらみゆく

白炎をもえたたせるがごとき花北北西になぎて風去る
うつむきてわが影みつむいそしぎが背後で啼きし沼のほとりに
かすみ草廃園に満ち還りくる影たちのため開かれし門
手がそよぐ背景の闇その奥でひとつ灯《あかり》がともされていた

冬の森

くもり日に銃声のような音のしてまたも近いと誰かがいった
大声をあげても消されゆく街に月冴える　ここも冬
都市の地下圧力計の針ふるえ時は静かにすぎようとする

ポーランドは長き冬なり黄金の馬さおだちて海をみつむる

生きたるわれら冬陽に包まれて惰眠の午後を過さんとせり

石膏のヴィナスの首ののぞく窓気象台より降雪告げき

人ねむる都市の谷間にひひとして雪降る言葉少なく生きよ

逃げまどう冬蝶封じこめし窓雪炎青き夜に墜ちゆくか

海に降る雪よ寂しき暮れ方を思い思いに集団は散る

帆柱が雨にうたれているさまをみつつ涙のしきりに流る

打たるるはわが背か暗夜雨に立ちくろぐろと濡れうつむきてみゆ

寝台はきしみ冷たく窓外はみぞれまじれる灰の水曜日

限りなく風に近づきたく思う集団の中のひとりの真冬

午後の椅子わが冬の位置になおすとき雪やまず彼らみな遠し

逃亡者かくまうことを約束しねむる形にある冬の森

季節をぬける

魂のあわきかげりに気づきしは泥炭匂う夏でありしか

いかりもて過ぐるひと夜を麦の香がみたして低しわれの砂山

帰らないひと夜となりてあじさいの色かわりゆくもやの市街地

高く低くピースピースと鳥は啼くカタロニヤいまひな芥子さかりなり

東京は雨　スペインの野にも雨は降りひとびと低く唄いておるか

けむりつつ人ははるかをあゆみ過ぐ都市尖端のそこからは海

一本の杭をうたざるままにきて水煙暗き夏となりたり

日が反射《かえ》る前景のなかいちめんに長き不在の果てのいらくさ

晩夏ここより発つ列車ありそれぞれに季節をぬけてゆく者をのせ

すぎてゆくわが眼底の歳月のかの対岸に火事のみえた日

あとがき

ダ・ヴィンチがミラノを離れたのは、一五〇〇年一月二十五日、つまりフランス軍が逃走した日より一か月ほど前であった。ちょうど、フランス軍の弾圧が最高潮に達していたときである。サライと、フラ・ルカ・パチョーリに、ひとりふたりの召使をつれて、ひそかにミラノを脱出、マントヴァに向かった。私はこの頃のダ・ヴィンチが好きだ。

他人の目には傑作とうつるおびただしい作品を未完のままにして漂泊をつづける彼と、その男弟子たちの姿を、私はよく冬の首都に思い描いた。

『冬のダ・ヴィンチ』を出版しなければ、私は一歩も先には進めないような気がしていた。集中特に、「村」「薄明の時間の推移」「風景」「幾夏過ぎし」にはその思いが深い。そしてこの歌集が、『十人の歌人たち』と一対になるようなものと思えてならない。長い間引きずってきたものに、一つの区切りをつけることができた、と思うのである。

終始、自在に歌い、書きつづけてきた私を大きな心でみまもってきて下さった加藤克巳先生には、深い感謝の念を抱き、あらためて御礼申しあげたい。また振りかえってみると、「個性」およびその他歌友の皆さんにも多くを学ばせていただいていた。感謝の気持をおつたえしなければならないと思う。

再び雁書館冨士田元彦氏をわずらわせて一冊にまとめることが出来たことに、あわせて感謝いたしたい。

六月二十二日　夏至

筒井富栄

風の構図

一九九八（平成九）年八月二十一日　砂子屋書房 刊

目次

暑すぎた夏 231
海市（蜃気楼） 232
約　束 233
ガラスの船 234
冬もやさしき 236
雪　片 237
パリというものに酔う 238
最高の日 239
反響のない部屋 240
何も残らないなにも 241
しんしんと雪 241

椅　子　242
風の吹く　243
裏　窓　244
日輪は落つ　245
街　灯　246
闇の芯　247
よりそいて消ゆ　249
冬の丘陵　250
水庭園　251
黄昏をまつ　253
泡だちてゆく　254
言葉乏しき　255
白き斜線　258
低唱きこゆ　259

如月二十日　261
伝えぬ悲劇　262
あつき一瞬　263
風の窓　265
微量の藍　266
薄墨色の一日　267
心象の荒野　268
夕　顔　268
ゆれていた旗　269
また夏である　270
春らしき風　271
あかつきを　272
セピア色の季節　273
冬の旅人　274

風の構図　栞

ある時から、心は不思議と自由に、自在に、流動し浮遊しはじめた
加藤克巳　302
自在な風の生命
富小路禎子　305
詩とは、歌とは不死鳥のこと
髙瀬一誌　307
筒井富栄さんへの手紙―傷ごと太れ
稲葉京子　309
自在な風となる日まで
久々湊盈子　311
甦りの筒井富栄
荻野須美子　312

夏の午後ひとりの丘と思いしに風をともなう青年とあう

暑すぎた夏

むかい風さけるしぐさがいつよりか身につきそめて九段坂下
ひらひらとリボンのような過去を曳き明日からさきは煙りてみえず
しばらく海にゆかずにいるが海はまだゆったりとそこにあるのだろうか
海港というひびきこそ愛しけれわが待つ船はかならずや着く
せつせつとうたうは風か夏嵐われをまきこみ未明を荒れる

暑すぎた夏長すぎた夏にしてわれのひと生《よ》の窪地でありし

海市（蜃気楼）

ぎこちない二人の時間削ぐように風よ淋しき北より寄せる
鳥が飛ぶ都市上空のそこのみがまだ暮れ残る今日という日の
硝子戸をたたいてにげる雨脚に閉じこめおきし過去が濡れゆく
海市《かいし》に行くために買う麦わらの帽子の中にある陽の匂い
見知らぬ街は地下水道を抱《かか》えいて深夜時間を海へと運ぶ

曲がれば海が消えてしまうという街で曲がりかねいつひどく淋しい
幻の街にさまよい出たらしく十九世紀の馬車がゆき交う
かつてここにコーヒーが煮たち花が咲きわたくしがいてしあわせだった
火曜日はまっかな花で埋めたいサルビア、カンナ、バラの季もすぎ
鳩があゆみ人間がゆき猫がいる歩けるものはすべて羨しい
医学とはここまでのことかと思いつつ雨の歩道に一歩ふみ出す
避難所が閉されてゆく罹災地の記事ささやかに夕刊で着く

この街もいつ消えさるか不確かな手ごたえのまま生きついでいる

結氷期ただすぎゆくを待つばかり裡に荒れたる海を抱いて

ガラスの船

去年《こぞ》如月わが手放せし愛恋を思い出させるように雪ふる

右頬あつくほてりはじめるしばらくを見つめられつつある車中にて

言いわけを考えながら花舗の前あわぬ昨夜にこだわりている

胸いっぱいにミモザを抱え街をゆくこの淋しさは淋しさとして

街路樹のけやきの枝をうき立たせ冬晴れという空のかがやき

充足という語いつよりわが手からすべり落ちいて北を恋いおり
北欧のガラス工房点在すその村のゆるき時間の流れ
眼底をガラスの船がゆきすぎてやがて砕ける音のみきこゆ
両腕がしびれてくると思いつつ夢でカヌーをいつまでも漕ぐ
片腕を吊る包帯の純白が冬透明な空気にまぶし
塵埃でさえもきらめく都市の冬乾きききることとまた美しき
みたこともない花が咲く水滴のしたたる大きガラス戸の中
群青のカップ壊して日もすがらつなぎあわせたころ雪は止《や》み

冬もやさしき

不安なる一日《ひとひ》ではある折り返し来たる手紙のあまり短かく

どのように語るべきかと思いつつ鶏卵が陽にかがやくをみる

集団のゆきすぎしのち空っぽな街路を押してゆく乳母車

乱れ咲く芥子が別離の背景をなして画面に fin の文字浮く

雨やまず映画の中の街に似てその角に立つ物乞う男

こきざみにゆうべのことを思い出す木枯つよく吹いていたりし

言葉にはならぬ視線に会いながら街ゆけば冬もやさしきものよ

雪片

誰にも会わない一時間もあるいたのにこの明るさのなかの街
おそらく花火があがりみんな出掛けているのだそう思うことにする
腰をおろすともう立つのがいやでわたしはやがて蔦におおわれる
目も口も覆う植物の葉裏が妙に白っぽい
誰かが呼んでいる　胸が熱くなる　だがわたしは覆われている
行ってしまった　そのあとの静かさ　まったく静かだ
幾たびもねむり幾たびも起きる　そして雪

さようなら、とつぶやいてみる　意外に淋しくもなく
わずかな隙間から暗い空がみえひっきりなしに雪片がおちる

パリというものに酔う

ユトリロや佐伯の画集そのままにパリはあるいまだパリはある
寺山修司に似たるガイドの山田氏がものうげに語るダ・ヴィンチの部屋
ダ・ヴィンチの聖《セント》ヨハネに出あうパリ暗き画面に立ち去りがたき
裏街のあやしきホテル界隈をまよいて歩くここさえもパリ
九時半にエッフェル塔がよそおえばムッシュ・バトーもきらめき走る

最高の日

咀嚼するには辛すぎる日々が夏の風のむこうで手まねきする
折りあうことのできない二つの流れが合流する瞬間に放つ花火か、今宵みたものは
仮面をぬがされていることを気づかぬ男は、書きためたノートを抱えて得々と歩いてゆく
そのグラスには青酸性物質が入っているよと誰かが言った
もうどうにもならない根ぐされのカトレア
デスクを抱くようにして彼はねむっていた　初夏　争いのあとで
汚れた星が天球に座し不吉な色で光っているにちがいない

際限のない階段が不意にあらわれ目前に立ち昇ることを強要する
空が晴れていて波が高くて　死ぬには最高の日だと　あなたは言う

反響のない部屋

どの葉裏からも刻の雫がしたたり落ちる
自由でありすぎた子供たちは反響のない部屋で茫然と手を垂れていた
無責任時代と風のようにわたる若者たち
遠い空のむこうでその失墜がはじまっている

何も残らないなにも

くしゃくしゃの新聞は今朝の出来ごとをもう時の彼方に　押し出す

空漠たる都市の空を横切る軽気球

今朝わが十指あおざめ体内を風が、ゆさぶりて吹き過ぐ

悔恨は川べりのあら草にしたたり時は曇天の初夏

地獄をみてきたという男がのそりと立っていた

しんしんと雪

北風の吹き止むことを願いつつ日ぐれ茶房に待ち人は来ぬ

一片の雲ゆきすぎるその下でわが心かわく　風景もまた

風にのりミサ曲きこゆ夕ぐれは神というものあるいは在るか

透明な冬もとめつつ掌《てのひら》に闇を小さく握りてあゆむ

暗き目をひらく如月しんしんと雪ふりつづく　かくも淋しき

椅子

わが裡をたて一列につながれた五頭の馬が移動はじめる

振りかえる振りかえらない振りかえるそのようにして刻はすぎたり

樹の影がしだいに長くなりわれの詩の終章も近づいてくる

闇を恋ういつしか深き闇を恋うただひとことをうずめんがため
この街でわが座るべき木の椅子をひたすら思う日の落ちるまで
春の胸にやさしく濡れてサイネリアかかげる花も終らんとする
一脚の椅子がおかれているだけでやすらいでいる雨の午後なり

風の吹く

わが旅もここまでは来た目の下にただ風の吹く草原がある
われにうた　きみに五月のライラック　はげしき風の中に立ちいて
かがやいて日は過ぎてゆくそののちをやや翳りもち立ちあがる風

薔薇おちて激情しずめがたき夜をわれに合図のベルは響らぬか

「これから」と「これまで」という間にて黄昏の迷路ゆれつつあるく

裏窓

水死者を身内にひとりもちおれば春あさき頃をかすかにうずく

風立てどわがめぐりのみ静まりてせばまりて小《ち》さく息を吐きたり

左肩いためしままに四日すぎ五日目薄き昼月をみる

真昼間にわれの内部を音もなく通りすぎゆく花電車あり

かたちなく投げ出されており日ぐれてきて追悼号という名の企画

うらぶれし家が時折コスモスの花にかこまれ眼裏にたつ

そこよりは立入禁止と札にあり酔いどれはだから鉄路に入る

くれないが深まりゆけばゆくほどに炒られるごとき夕やけの底

そこまでをあゆむことさえものうくて裏窓に雪のひと日をこもる

日輪は落つ

傷つけた一本の樹よ去りがたくここ高原も北よりかげる

影ぼうし戸口に立ちて長いことわが仕草をばのぞきいるらし

明け方は宵より淋しと君はいいその明け方を待たず逝きたり

雨が降るこのような日に雨が降る淋しさは水のひろがるに似る
うつむきながらひまわりここに立ち枯れて遠き地平に稲妻はしる
ゆっくりと駱駝が脚を折るかなた叫喚をひきて日輪は落つ

街灯

ヒヤシンス香る一隅むらさきの夕かげきたり友は逝きにき
手に重きゾーリンゲンの裁ちばさみ五月かの地にマロニエは咲く
蜜を含んだ風がかすかに吹きすぎる蝶が生れているのであろう
風きたりて光りしものを包みこみわがかたわらを遠ざかりゆく

明け方を粉々に硝子くだけゆききらめくは夢の中でありしか

画面よりアラブの風が吹き来たりわれは一瞬遊民となる

八方に手をつくせしが一羽だけインコ戻らぬ夏となりても

街灯がたった一本灯りいてそこからおりる階段がある

闇の芯

ほうほうと過去よりここに鳴きつぐはわが裡に住む冬のふくろう

ゆらぎつつわれは立ちおり黄泉の桃の香こもる闇の芯にて

ゆくたびに気にかかるドア半ば開き猟銃らしきが立てかけてある

筬《おさ》が鳴る　風のあいまを　午後四時の富士おろしつねに向い風なり

薄明にころがる繭のくびれたる白さに圧されしんしんといる

何のためにのぼりし丘か見わたせばただ冬がある荒涼とある

進めてもすぐに遅れる時計もち旅に出るのはこわくはないか

昼月はかくまで薄く透きとおりわれの背後の冬の麦畑

胸の高さに空のおりくる北陸の冬物語つねにすさみて

風の中追われるごとき不安もち橋渡りきる行く手ゆうやけ

よりそいて消ゆ

六条の御息所が目の前をいそぎあゆめり向い風吹く

魂を崩さずにおくと決意して爪さき立ちて海をのぞけり

もう二度と開《あ》くことのなき艇庫ありわが船水脈《みお》を曳くこともなし

窓外を影絵のようにゆきすぎる銀木犀を植えし植木屋

はらはらと死語立ちあがる薄暗に巫女となりゆくわたくしがいる

枯野にはわが置き去りしものありて雪降る前をさみしみており

躓きしままの形で見上げれば雪は無限であるかに落ちる

きしきしと肋骨が響《な》るふりだした雪がつもってゆくようである

詩を断つとあなたは言うか降りしきる雪　幻想のごとき街にて

精神科医のガラス戸を押し母と娘が吹雪かれながらよりそいて消ゆ

冬の丘陵

水仙は房にて香る汝のくる午後の時間はゆるやかであれ

わが意識遠のく昼をにぶき音冬の花火がいずこであがる

淡く雪降りはじめたりソロモンの野の百合の章ひらかれしまま

遁れきてほの暖かい花舗に入る汝《な》がいいかけし言葉を思い

ここまでは汝の領域あじさいが立ち枯れている冬の丘陵

外套の中なる闇によりそいて拒絶というも一つの愛か

かがやける冬のさかりを立ちつくしある旋律をききたる思い

むなしくも広場に溶けてゆく雪の音吸いこみて果てる明るさ

丘陵は冬をさびしき上り坂　寒鰤を積む荷車がゆく

水庭園

フレームに陽光は満ち降る筈のないまひるの雪ふりきたる

わが裡の記憶の夏をたどりしが蒼然とした森も消え失せ

林道にまつわりつきくる蝶もなく青春がここにかつてはありき

歳月がわが目の前につみあげたうす紫の化石の卵

まじまじと椅子みつめつつ雨の午後憩うとはこんな形であるか

壁の中　身を薄くして抜け出ればいつしかわれは影のみとなる

くずれかけた回廊に鳥の影はおち風景はすべてうすれゆきつつ

ひと一人ねむりの底にたたしめて霧わき上る遠景となす

絶え間なく水の落ちつぐ気配して水庭園も闇の中なり

闇のむこうに駅舎があると教えられただひたすらにここよりあゆむ

黄昏をまつ

海浜のホテルを閉じる日となりて水平線に嵐がきざす
つねに帆はたたまれていてこの入江帆船は若き夢よりさめず
遠景に揺れてやまざる森がありわがてのひらに夏ぜみは死す
夏草に肩まで没し振りかえる追いくるものは風でしかない
藍色の空に夏月かかるのを見さだめてから口笛を吹く
かぶりたるソフトのふちに手をかけて父帰りくるごとき夕ぐれ
少女期のみえる窓ありまっ白なつめ草花冠を編むわれがいる

濡れること覚悟で傘を持たざれば午後三時かつてなき暗さ

墓地白く夕やみに立つ供うべきあてなき花をたずさえており

水に浮くうすくれないの花ありて黄昏をまつ心がなごむ

泡だちてゆく

覚めて今朝流るるごとき陽光を魂にふるるまでに浴びいる

すでにかげる道をえらびてあゆむこと沙羅の花さくことなど思う

その家の北窓もわが夢にみるかの家の窓も同じに暗し

日のあたるわずかの土地をみまわりてすでに徒労となるを知りたり

去られるも淋しきがまた去ることもかくさびしくて再び驟雨

たちあおい群青の空の下に咲くあのひとときを忘れるものか

誰にもあわない夏がすぎ　かえりこぬこだま　泡だちてゆく淋しさがある

何を心に持ちてあゆむか夏を過ぎなだれて秋がまちうけている

言葉乏しき

偽悪者が帽子ななめに街をゆく肌さむき夏のはじめの日なり

揺られつつ真昼車内の眩しさに気圧されているひとときがある

炎天に一木《いちぼく》もなきかがやきをわれのレンズにおさめて長し

鳥かごは昨日今日そしておそらくは明日も空《から》にてゆれいるだろう

やりがいのない一日がくれなずみわがスバルいまだ空にかからず

闇にボルガの舟唄きこえピシピシと曳き綱さばく音さえもする

首を垂れた馬は木立につながれて影絵となりて闇にのまれる

手ごたえはやや頼りなくなりたれど夢工房は林間にあり

生命《いのち》をかけて守るものなどあるのかと自らに問う樹影ぬけつつ

歩道橋の反り美しき夕景を熟れた果実のごとく陽は落つ

明るみて雨海上を遠ざかる言葉乏しきわれの一日

密雲の下はてもなくつづく野に褐色の馬ゆきてかえらず
淋しきは繭ねむる昼村落も無人のごとし風さえたたぬ
たくらみし謀叛のごとく麦の穂はいっせいに立つ雷雲の下
雲の尖端あかるみて海とむすぶところかすかに風がきざしいるらし
黒き楽器はピアノと呼ばれしずしずと七つ折れたる山道をくる
こばまれて乞食《こじき》戸口を立ち去れば青嵐ふいに四方より寄す
日をかさね歳をかさねたその先にわれらは何を待つのであろう
野づらに羽うちつけて飛ぶ候鳥のはぐれ一羽をみすごして夜

睡りつぐ闇をわたりて鳥一羽東にむかうただ限りなく

つっ切れば野に風は立ち地平にてカンパネルラの灯《あかり》がゆれる

白き斜線

わが流人この蒼穹の果てにあり九月かなしくさわだちはじむ

紫にけぶる朝あけ胞子とぶ羊歯群落によりそいいたり

夜の波引き強くして手をつなぐ青年に落ちる稲妻があり

汝がいたカフェテラス今日も雨にして白き斜線に街がかくれる

リア王がさまよう荒野赤々とかなた地平に都市の灯がある

従うはみな影にして漕ぎいだす草原わけし幻の舟

彼方には斑《はだれ》の山が呼びあえど王たる椅子はいずこで朽ちる

たちあがる闇に追われて行く方を死者紫の斉唱で呼ぶ

終《つい》の貌みせる樹木に出あいたるまわり道せし高原は秋

鉄塔のさきに点在する鴉雪嶺はるか背負いての黒

低唱きこゆ

ゆきすぎる村なかごろの校舎より低唱きこゆ幻のごと

野ざらしの人形ありきこの家にかつて流れし幸というもの

風は頭上を吹きぬけてゆきここだけがいつになっても変りはしない

黒鳥がごく低空にとびくれば雪くる前の淋しさ充てり

血を喀きしごとくに茱萸の実はつぶれすでに閉ざされおる療養所

カーテンの傾く重さゆがみつつ窓あり強き西日をかえす

その時があなたをみたる最後にて袋小路のスペインの庭

揺れやまぬ雑木林の風の道よりそいゆけば今日の落日

月光を曳きてぶどうの荷がつけば僧院のドアわずかに開く

如月二十日

ひたすらに歌いつつゆく如月の都市に今年の雪いまだ来ず
冬の雷すぎるひととき会わずして濡れ色ひかる街をゆきすぐ
残光というほどの愛かいまここに汝が立ちいて真冬の落暉
トルコ桔梗は紫の花弁まきしまま夜をねむらんかたちにて立つ
眼底に蝶のとびかう闇があり地平はるかに列車がはしる
肩をおとしあゆみつづける前方にわがオリオンは冬を統べおり
凩のやむ束の間をいとおしみ卓上の灯をひきよせてみる

押されつつ風にまかれてここに来て雨とはなれり街もゆらめく

かぎりなく雨ふりつづくたそがれを帰りゆきたる長身の影

結晶となりてこぼれる歳月か雪つもらせよ如月二十日

伝えぬ悲劇

北面に一つの窓もなきビルがこの時刻だけ日を反射《かえ》しおり

中東にはぜる煙と似たような雲がのどかに上空をゆく

遠くにて語るしかない風の中列島はいまつややかに冬

穿たれた穴にしたたる水滴を日がな一日ながめていたい

死ののちを語る青年うっすらとてのひらに吹く汗をぬぐえり

共和国防衛隊の壊滅をニュース告げきて午後より氷雨

バグダッドは意外なほどに冷静ときけど伝えぬ悲劇もあろう

ほんとうはと言いかけしまま窓外をみれば降り出すニコライに雪

夕闇にまぎれんとしてまぎれ得ぬ都市に夕やみなどすでに無し

あつき一瞬

ゆっくりと花散りはじめ吹雪くまであとどれほどの時であろうか

花吹雪く中をあゆむは右の手に兇器かくせし青年であり

百合が咲く午後のけだるさしばらくはたてがみ伏せて獅子もねむれる
まだここにふいごひびかせおる鍛冶屋初夏《はつなつ》青く燕が反《かえ》る
思うことすなわち都市にあかがねの日ぐれなどもう来ないであろう
なぜかくも淋しくあるか地下街の入口ごとに一人ずつ消ゆ
気づかねば都会の夜に尾をひいて火の鳥よぎるあつき一瞬
山鳩が啼くのは夢の中かとも思いしままにまたねむりつぐ
ひたすらに夜をかけぬけ暗黒の森の樹下のしたたりに入る

風の窓

発つために早朝ドアの外にあるカバン二つがよりそいており

タクシーの中密室の甘さもちくちなし匂うひとときである

日は移り道祖神《くなど》に影のさす頃をわかれて帰るそれしかあらぬ

風の窓眼下にとおく灯がうるみ町を恋いつついる女たち

ふれあえば意外にさむき口唇よ朝やわらかく都市が明けゆく

ミサ終えしひとびと暗きヴェールあげ鳩の飛び立つ行方見上ぐる

この冬をきらめき散りてゆく落葉うずめんもののいかにも多し

微量の藍

螢とぶ幻のごとき河に出て振りかえることをおそれていたり
抽象の森より出でてねむりつぐ老人をみる樹下の揺り椅子
通過する駅にちらりと見し赤はいけにえの羊またはサルビア
微量の藍を含む画面が移行するその尖端に寄せてくる海
盲目の意志をもちたる山羊がいて綱いっぱいの領土を誇る
雷わたる都市の上空雨あしは列車八輌とじこめて夜
ある夜死者はこの上もなきやさしさでオオボエを吹く風のあい間に

シャンソンがかすかに運河わたりきて汝が欲望も淋しくきえる
港湾に馬をのせゆく舟がある波音低き白昼である

薄墨色の一日

いずこより放たれし矢か眼前を水平にゆく音もなくゆく
微熱もつ身を立てなおし向い風帆をはらむ船のように歩けよ
火の匂いかすかに届く手紙には山火事の迫るさま記さるる
ガラス戸があおられていて甘やかな南風きざす春の嵐か
はっきりと答えぬままに桜さく薄墨色のおもき一日

心象の荒野

この傷も来るたびごとに伸びてゆく森のはずれのまだ若き楡

はなびらがこのてのひらをこぼれおち春はここより永遠に逃げ

視えるものと視えないものが入りまじるわが心象の荒野の日ぐれ

均整をやぶらんとしてそりかえる下弦の月の下のオルフェイス

夕　顔

夕顔の大きくひらく辺《あた》りより涼風たちて姑《はは》は在《いま》さぬ

精霊というものありや両肩がふいに重たくなる夕まぐれ

塀外でここよここよと呼ぶ声を姑かと思うこれも夕ぐれ
姑のこと忘れかねいつ救急車待ちし師走の夜のことなど
足弱の姑ではあるがここからは一人ゆきませ黄泉比良坂
あなたは彼岸われは此岸といいきかせいいきかせつつ夏をすごしぬ
姑はまだここにあるらし送り火に盆提燈がしきりゆれいて
うつうつと夏をすごせり気がつけば雲は秋へとかたちかえそむ

ゆれていた旗

病院の屋上にいつもいる鳩が今日輝くは春のきざしか

視えざるものを追いつめてこの崖にきてひえびえと今墜ちゆく一羽

心の風車まわしつづけて丘にきて淋しいと言えさびしいと言う

かの夏の闘争の旗ゆれいしはどのあたりこの街もかわりて

ぎしぎしときしむ扉を疾風が吹きすぎる夜を孤独と呼ぼう

痛ましく静まりかえる夜のありてわが魂を買いゆく者よ

また夏である

風に吹かれおぼつかなくも立っているいまだ芽吹かぬ街路樹の下

空白を埋めるすべなしもう二十日霧をぬけくる人を待ちつつ

うつうつと川を渡りて思うこと忘れかねるはあの歌一首

このさきをどう生きようかさやさやと今朝風向きのかわるひととき

雨にあうニコライ堂に近くいてもう夏であるまた夏である

春らしき風

白き馬またもねむりの中にきて残年をともに過ごすと語る

三月の雪ふりしきり海という不思議なものを眺めていたい

書簡にはまた会いたいと書いてある十数年も前の時間で

こうして海をみている間にも人は生れ人は死に人は生れ人は死ぬ

日だまりに牧師すわりてこの古き牧師館にも春らしき風

あかつきを

風通う道わがものにあらずしてゆずらんと身をかたよせてみる

音立ててくずれおちるはあけ方の夢でありしかシャモニーの雪

あかつきを起きているのはわれひとり生きているぞとつぶやきながら

とりいれをせずに出てきた果樹園を思う日もある秋をむかえて

びっしりと胸壁をうめるそれは何淋しさならず悲しさならず

セピア色の季節

抱かれる風のやさしさ生きることふともやめたき夕景がある
ああここにセピア色した空間がのこされていて夏の屋根裏
逃れきてしばしを憩うひとときも持ちえぬままに狭き夏なり
いつよりかわれの狩猟は解禁とならざるままに森去らんとす
ひろげたる地図にしるしをつけしまま行くこともなき旅と思うよ
ふいに肩ひきよせらるる仄かなる闇のあわいを過ぎゆくときに
樹下にいて心乱しておりしゆえ射すごとき瞳を知りつつかわす

記憶の中に褪せしサルビアびっしりと咲きて門扉を閉ざす家あり

追いつめて追いつめられて火が匂う黄昏ここになだれんとして

背くこと決めれば遠き地平より鰯雲寄すさわやかに秋

いつもここに鸚鵡の籠がおかれいてわが名を呼ぶかと思いつつ過ぐ

和解する気持ちなどなし野の風にてのひらの汗吸わせていたり

秋の夜空に何の花火かひとつだけ大輪の花さかせて沈む

冬の旅人

森　真冬　それから雪が降りはじめこの風景もかき消えてゆく

森　真冬　橇が走ってゆくあたりガラスの脚をもつ馬がいて

灰色に空がさがってくる日にはふるえて胸にひびく鐘の音

珍しく一人で過ごす日々にして記憶の襞がほどかれてゆく

空爆の標的になるとそしられし欅大樹も今年は枯れた

荒野とは誰がつけたかまさびしくまたすがやかな呼び名であるが

つみ上げた時間の中をはらはらとこぼれゆくもの手に残るもの

地を這って生きよと風が吹きつける風の方位に倒れてみるか

遠い日の花火であったそれが何の祝日であったか思い出せない

休息の刻と思いて真白なベッドに昼の身をよこたえる

祝婚歌雪の中よりわき上りわれ如月の花嫁たりし

ひたすらに船旅を恋うかたちなき冬の真芯を探しあぐねて

南下する白き船影思うとき地図の海にもうねりがよせる

木靴《サボ》に雪ふりつんでいるその中にすみれさかせる季《とき》めぐりこよ

われはいま冬の旅人着ふるした外套《マントウ》の中のセピア空間

今朝　枝々の水滴は白銀のふくらみとなって落つ

森　真昼　黒き樹立を背景にガラスの脚の馬が駆けくる

森　真昼　ときおりあがる雪煙に崩れさりゆく季節があった

冬の落日

遠景に海を置くべく誕生日昼の電車にゆられていたり

海鳴りをひさしく聞かずこの午後をなだれて甦るわが青春期

隊を組み樹木が北へ移動すとふと思いたる月下の林

月瘠せて甘藍植えし畑に照りねむれねむれとわたしはうたう

苦しさを耐えて午前の刻はすぎユダをとなりに腰かけている

その視野に捉えし冬のビル街のたったひとつの窓のベゴニア

信じるといいつつ片手ふりながら別れし辻に今日雪は積む

雪充たし如月の街さりさりと砂糖の菓子のごときもろさよ

港湾にはげしき光投げかけて冬落日のみごとな孤独

冬の蝶

目の前を漂《ただよ》うようにゆるやかにマリンブルーの冬の蝶ゆく

何でもないいつもの朝がくるけれど風立つようなざわめきがある

まざまざと河野愛子があらわれて死後の世界を語る明け方

あなたのコートの中に入ってあゆみつつ暖かかった去年《こぞ》の真冬は

おたがいに気づかぬふりをしてすごす冬の終りのわずかなるずれ

足首がしめつけられる時間にて地図の散歩も終りにしよう

あなたが不意にみなれぬ人のようになる雲間から出た月に照らされ

眼裏に螢とびかう夕景の青き涯底《そこい》にしんしんと坐す

夜明けがくれば

生涯をともにすごすかこの椅子と白露の朝にさわさわと着く

夏の嵐に吹きとばされた私を探しにゆくと身がまえており

酔いしれて街灯の下でねてみたい夜明けがくればすべてが変る

叫ぶことあらず久しくわが生を他人《ひと》ごとのように眺める今は
幾たびも書きかけの手紙ひきよせて続けられない昨日も今日も

欲しきもの

欲しきもの　小さなハサミ　銀色の　先が鋭く　木屋《きや》にて買える
欲しきもの　やわらかき靴　ふんわりと　とげぬき地蔵で売っている由《よし》
欲しきもの　夢をみないでねむる夜　夜どおし歩いて朝はつかれる
欲しきもの　一脚の椅子　ほどのよい高さをもった木製のもの
欲しきもの　暑すぎずまた寒すぎず適温言わば過ごしよいとき

この国の気候についてゆきかねてぼけるひまさえない日々であり

夏に入る

もてあますほどの時間もなきままにひと日を生きるこのひと日だけ

どこにでも闇はあるもの早くゆけ鬼打ち豆の先の鬼たち

なすすべもなく夏に入る私はこんな季節に気圧されている

燐光を放つある夜の書庫なれば千とつまれし書籍がきしむ

さらに北へ

群鳥はさらに北へと飛び立てるわが北限をここにきめし日

北を指す雁の一羽でありたれば夢の中にて果てなく墜ちる

なだめつつすごす歳月梅が咲き桜が咲いてすぐに木枯し

ゆるやかな衣服ばかりを身にまといいつかふわりと浮くかもしれぬ

生きることはくるしむことという人にそうかもしれぬうそかもしれぬ

春にさからう

もう桜花《はな》も見あきたなどとうそぶいて春にさからう一人でありし

春嵐もガラス戸越しにみるばかり風に身を置くことおそろしく

やわらかく降りつぐ雨もこもりいるわれにかかわりなくてあじさい

淋しいという語久しく不用にて真の孤独とむきあっている

内臓に異常なしとの通知手に恨みたいほど晴れている空

夏の嵐

今日で四日雨降りつづき今世紀はあがらぬものと思ってしまう

病棟も深夜をすぎておそろしきものがわが横すりぬけるらし

息子《こ》の部屋から深夜かわゆく透明な歌声がする夢にてうたう

めずらしく靴を鳴らして通るのは男であろういつも午後四時

きらめいて緑葉ちらす景をみす夏の 嵐《あらし》 というもの　いつも

風を待つ

午後の雨あかるけれどもおそらくは明日もわたしを降りこめるらし

目があえばそらすものかとかまえつつ集団の中のひとりをみつむ

いつよりか閉ざしておきしわがドアを鍵音させて開くはきみか

かけぬけし風は戻ってこぬものを　待つ　一生をかけてでも待つ

こんなにも強き腕《かいな》でありしかとさくら市ヶ谷かばわれてゆく

さみしさを溜めてゆく日々しらぬまにずしりと重いものとなりいて

病廊もはなれてみれば輝いて降誕祭《イブ》のかざりのひとつにみえる

冬の砂丘

刻はまだ掌《てのひら》にありまんじゅしゃげ冴え冴えと咲く　いたく渇けり
おそらくはねむれぬ夜となるらしき忘れな草の色の眠剤
落ちてゆく影を見つめる夢三夜《さんや》落ちゆく影は我ともいえず
死はさほど近くにあらずされどここ北の斜面に枝垂るる木よ
冬ごもり春ごもりまた夏ごもり秋をこもりてわが四季おわる
さらば海さらば輝くものたちへ冬の砂丘をひとりでくだる

すぎてゆく

午前中なすすべもなくすぎてゆく動かねばならぬと意識はしつつ

ありあまる時間の中に溺れつつどこまで流れゆくかと思う

なりゆきにまかせるという生き方をやっと知りえて菊の咲く庭

ジャンケンに勝つ方法をくみ立てて頭脳プレーはまだ大丈夫

あかつき

いっせいに鴨が飛びたつその時をわたしは長いこと待っていた

これでもう気にかかることのない池に青い藻の泛く静けさがくる

迫りくる時おそろしく家中の時計の針をとめて籠ろう
静寂があたりを支配しはじめて暁ちかくわたしはねむる
あかつきは宵よりさみしししらしらとあけゆく中で身じろぎもせず

影絵のような

ひたひたと水が寄せてくるような朝つめたき目覚めアイリスの咲く
残暑きびしく御座候という手紙われはこの夏寒くてならぬ
さっきから黒い電話をみているがかけねばならぬ用件いくつ
珍しく留守電になっていぬ気配うれしく受話器もちかえてみる

捨てられたベンチに今日も腰かけて笛吹く少女大気にとける
せめて手を伸ばした位置にいてほしい影絵のようなあなたにしても
蜜蜂はうずなして窓をとびたつがもえる夕陽をめざしてのこと
置き去りにされているのは誰と問うよもやわたしである筈もなく

心さわげる

闇はいまゆたかに香るその下で野葡萄は少し蔓のばしゆく
したたかに生きてみようか影法師ひょろりとゆれるまひるまであり
たじろがぬもう大丈夫だといいきかせ川舟がとおりすぎるをみつむ

わが窓を覆いてゆれる月桂樹勝利のときを思いてねむる

ある日みた時計をのぞきこむうさぎわれも従きゆき地下へと降りん

誰か風を封じてくれよこんなにも心さわげる夏の一日

半開のドア

サルビアの花も終りし庭ありていつか売家のたて札が立つ

気がつけば骨まで細る指先を他人のもののごとく見ている

夕景を火薬の匂いただよいてわが身体《しんたい》を這う導火線

玉ネギが青き芽をふくさまをみてわが生命もかすかにうごく

半開のドアの内よりのぞきみるわが人生のゆきつく方を

四方八方

汚れつつ生きゆくものを眺めおりものうくここにとどまりながら

わが怒りもともに内包せしごとく無花果は落ちる暗きむらさき

自らのためにきかせる唄もなし四方八方風吹き荒れて

診療室につねに存在するものの一つでありし脳の解剖図《アトラス》

海はいま曇天の下にあらだちて誰のものでもない船がある

くもり硝子のひとところだけが透きとおりしばしばのぞく過去をみるため

もろき透明

春というやさしき言葉があるゆえに花どきまでを生きてみようか

つばさもつ船あるならばわたくしを千夜一夜の国にはこべよ

もしや翼をかくしたたんでいるかもと絨毯のうらをそっとまさぐる

考えることを止めよといわれてもどうしてよいか途方にくれる

すっきりと富士をうかべる都市の空正月三日のもろき透明

あの日の風

一脚の椅子をともない旅に出る帽のひさしをぐいとひきさげ

さかさまに吊るされているおそらくはかすみ草なりペンションの窓

なすこともなく暮れてゆく秋天よなさねばならぬこと山積し

ゆったりと語るほかなし体力を使いはたして声なき夜は

おそらくはあの日の風にわが夢をかすめとられたような気がする

とおからず記憶の底から拭うべき夏の花火のような出来ごと

向い風に体をあずけて街を出る心やすまるどこへ行こうか

ほととぎす血を吐くように啼くというそらみみなるか都市の真上で

さやさやと流れるものをしらぬまに忘れていたが時刻はすぎゆく

冬の真芯

いつよりわれらかく饒舌になりしかと風荒い午後ぽつねんと思う
饒舌になればなるほどくいちがい鶍《いすか》のはしとつぶやいてみる
二人とはこんなに淋しいものなのかきっと夢だと思いつつ覚める
かつて冬も華麗な季節と思いしに冬の真芯が今年はみえた
ひたすらに春が待たれる三月をやりすごそうか鬼のいぬ間に

三月

投げ出した腕をかすめて冬蝶が舞いゆくときに淡きかげ曳く

前略ではじまる手紙ばかり書きまたもめぐってきたる花どき

歳月をかさねたせいか華やいだ花の季節のさびしさを知る

哀しさも淋しさも伝え得るけれど苦しさのみは伝えられ得ず

ふと君が見せた横顔はれやかな気配がみえて春を知りたる

どん底をぬけた二人にやわらかな言葉も戻りきたる三月

かるた

久方のひかりのどけき札をとりからくれないも手中におさむ

もうすっかり忘れていたるかるたとり読み手につられ手がうごく

大江山好きな札なり前方の村中さんより素早くうばう

住の江の岸による波かえす波、む、す、め、ふ、さ、ほ、せ、忘れていない

あの人はどうしているか取りあったわれても末にあわんとの札

白妙の富士をみたのはいつの日かさむい季節の薩埵峠《さった》で

花どきによみがえりくるものありて四年半ぶり晴ればれすごす

晩年想思

ふとある日青年の匂いただよわせ初夏《はつなつ》の樹下君あゆみくる

ほつほつと花まきちらしあゆむのは影絵の中の人かわたしか

今日よりは夏のブラウス着せられて人形のような一日《ひとひ》をおくる

かたときも離したくない蚊柱の立つ夕まぐれ君帰りこぬ

こんなにもよい人なのに口きかぬと決めてすぐまたもとへと戻る

ベゴニアが置きざりにされた空室に歳月という過去がみちそむ

蔦の葉がからむがごとくわが細き手首あずけてひたすらあゆむ

風の中で遠くを見つめ目をあげるあなたは瞬時わたしを忘れ

女主人《あるじ》病みて久しきこの家の茗荷ジャスミン今年は枯れる

接吻《くちづけ》をつとこそかわすそれもあの銀座三越角を行きつつ

永遠に離れられない運命と街の易者がいったのは夏
ようやくここまで歩いて来たがずいぶんとこれから刻《とき》はすばやくめぐる
オレンジのブラウス風になびかせて車椅子にてゆくのもよろし
やっとあなたを登場させることができ今宵アイリス艶《つや》めいて咲く

風よ　再び

世界一不幸な夫と妻のいる食卓に夏の花猛々し
あなたを不幸にはしないしかるべくあなたは不幸に気づいていない
ねこじゃらしじゃらしじゃらじゃらこの道をかつてはたてがみなびかせていた

恋しくば訪ねきてみよ夏まつり狐の面が風にふかれる

逸楽をとうに無縁のものとして若き牧師のゆく夏の坂

わが部屋に似あわぬ石が一つあるなんであったかとうに忘れた

かろうじて支えて咲きし朝顔の青大輪をよしと見定む

遠雷はまだ帰りこぬ彼のように近づきかけてまたも遠のき

狂いたく思えど夏を狂えずにまじまじとわが未来見すえる

黒シャツを着てあゆみくる彼のためカサブランカなど持って待つべし

忘れれば生きやすくなると知りながら過去をつなげるひまわり畑

散り敷くは幻の花かあゆみつつ地にある花を深く意識す

目をとじてすごす時間の多い日はむしろゆたかに心があそぶ

うたのメモ千切り散らせし夕景の風よ再び戻ってこぬか

あとがき

気がつくと、妙なところに空がみえていた。仰むけに倒れたのだ、と気付くには数秒とはかからなかったと思う。それがそもそもの始まりで、わたくしの人生ではじめての負の立場、守りの姿勢の生活がはじまる。思ってもみないことであった。

さあこれからという時に出合ったこのアクシデントに苦しむのはずっと歳月がたってからであった。バランスをつかさどる神経に支障をきたして以来、歩けるもののすべてを羨しいと思っていた間はおそらく不幸だったのであろう。心さわぐ日日であった。

そんな自分の現状をすなおに受け入れることが出来る様になった時、生きている実感と、歌への熱意が甦って歌集をまとめる気になった。そう思いはじめると、いくつもの救いの手がさしのべられて、この一冊をまとめあげることが出来た。まとめてみると風の歌が多かったので、歌集名を『風の構図』とした。新カナ、五句三十一音周辺、文語口語をまじえての用法は第一歌集『未明の街』から変らない。文法にとらわれず、思いきり歌うということもまた同じである。

多くの歌友たちのはげまし、師加藤克巳の心の支え、実際の作業にたずさわってくださった方々の御芳情に深く感謝いたします。十年間の歌を抜き出して下さった久々湊盈子氏、砂子屋書房の田村雅之氏にもあらためて御礼申し上げます。

筒井富栄

一九九八年六月一日

風の構図　栞

ある時から、心は不思議と自由に、自在に、流動し浮遊しはじめた　加藤克巳

所与現実と創造現実の、日常と非日常の行き交い。

ある時、気がつくと、妙なところに空がみえていた。仰むけに倒れたのだ、と気付くには数秒とはかからなかった、という。

その時から現実生活を自主的に行為することがままならぬようになった。日常の空間的世界は著しく狭隘となった。

ところで、詩はもともと日常些事の報告でもなければ、日常現実の再現にはなく、詩は心の希求、願望の所産であり、所与現実を超えて創造現実のなかに結ばれるものなのであ

って、かかるが故にある時から、かねてよりひと一倍ナイーヴな、メルヘン的詩情を内ふかくたたえ持って来た作者は、飜然として回想、空想、そして豊かな想像力を駆使しつつ、時に幻想世界を分けいることさえあって、詩はおおらかに、ゆたかに且つは涙ぐましいまでに生を表象するのである。

夏の午後ひとりの丘と思いしに風をともなう青年とあう
見知らぬ街は地下水道を抱《かか》えいて深夜時間を海へと運ぶ
幻の街にさまよい出たらしく十九世紀の馬車がゆき交う

ほんの一例であるが、事の叙述をさりげなく、その間に、その果てに、はっと、詩の世界を結びあげる。

そしてまた、

丘陵は冬をさびしき上り坂　寒鰤を積む荷車がゆく

のように、決して夢ばかりを追うのではなく、この日常の詩幻邂逅は、なんともすてきなのである。

どの葉裏からも刻の雫がしたたり落ちる
幾たびもねむり幾たびも起きる　そして雪

地獄をみてきたという男がのそりと立っていた

表現は自由で、短歌は詩である。短い詩である。題材も発想も自由であり、表現もまた自由であり、自在である。

穿たれた穴にしたたる水滴を日がな一日ながめていたい

言いたい事をなんのためらいもなく、淡々と、しかし不思議なことに何れの歌からも詩が匂う。

かぶりたるソフトのふちに手をかけて父帰りくるごとき夕ぐれ

こんな歌もある。

さて私は筒井富栄さんの歌を長くみてきた。身体の異常は、いい直せば不自由は、期せずして所与現実のもたらした切情を、いつ知らずふり払い、うち越えて、創造現実へ、詩の純粋へゆるやかに流動し、飛翔していった。

『風の構図』は、世に稀有な一巻となった。

もっとも詩的な、純粋詩的短歌世界をわれわれにみせてくれた。

涙ぐましいまでの歌集となった。筒井富栄さんの心の生活は明るく、うつくしく、且つ愛《かな》しく匂うて、読みゆくに涙の出ずる思いにさえなるのである。

自在な風の生命

富小路禎子

筒井富栄さんが新しい歌集『風の構図』を出版されることは大層嬉しいことである。古くからの友達であるというだけでなく、着実によい仕事を続けてこられた作家だからである。ところが数年前から健康を害され、歩行困難になられたので、今後の活躍をひそかに心配していたのであった。

今回新歌集の作品にふれてみて巻頭の、

　夏の午後ひとりの丘と思いしに風をともなう青年とあう

の一首を初め、明るく、軽やかで自在な歌が多いのにほっとした。日常の生活や人事などに捉われず、すべて作者の心情と詩心によって生み出された作品、更に数は少ないが定型からも解き放たれているものもある。

幾たびもねむり幾たびも起きる　そして雪

何か読者は深い想いに誘われ、新鮮でもある。歌集の終りの方にはさすがに苦渋もみえる。しかし、

なりゆきにまかせるという生き方をやっと知りえて菊の咲く庭

ジャンケンに勝つ方法をくみ立てて頭脳プレーはまだ大丈夫

迫りくる時おそろしく家中の時計の針をとめて籠ろう

深刻な人生に直面し乍ら、一寸角度をかえて却って読者の心を打つ作になっている。

更にもう一つ言っておきたいのは、この歌集の背後にある、染色教室をもち、数々の優れた作品と、多くの人々を長年指導してきたもう一人の（村田）富栄さんのことである。詩情のある楽しいイメージと個性的で新鮮な作品が、袋物から着物まで次々に生み出されていた。この歌集全体にも、決してけばけばしくはなく、深い色彩でえがかれたイメージが生きているという気がする。馬上の古代人が狩をしているユニークな着物に魅せられて買わせていただいた私としては、二つの作品世界の間を潑溂と動き廻っていた富栄さんが再びもどって来て下さることを切望しているのである。

詩とは、歌とは不死鳥のこと

髙瀬一誌

『写真で見る昭和短歌史』（平7・短歌新聞社）には筒井さんの写真が五枚入っている。昭和三十八年の「個性」創刊の会では、石川信夫、宮柊二、荻野須美子、堀江典子氏等とならび、『未来四十年史』の川口美根子歌集『空に拡がる』の会の写真にも大野誠夫、上田三四二、森岡貞香、馬場あき子氏等の横に少女のような作者がいる。

『昭和短歌史』では主役のいちばんいい写真を大きくレイアウトしたが、編集委員だった加藤克巳氏と相談して『森ざわめくは』の出版記念会の一枚を加えた。写っていないが河野愛子氏が隣だったことを思い出す。

　不意に手をつなぐビル街午前零時白鳥座カシオペアともに異常なし

第一歌集『未明の街』は、序文で加藤氏が「コトバと意味がたいへん新鮮にぼく達に、特に若い、若くありたい人達の心に、よびかけてくる不思議な力を持っている」と書いているように衝撃的なデビューだった。

今でこそ口語脈の発想は受け入れられているが『未明の街』は二十九年も前に出版されたのである。

わが意識遠のく昼をにぶき音冬の花火がいずこであがる

『森ざわめくは』『冬のダ・ヴィンチ』では内部の世界にも視点を移しながらあたらしい感性の舞台をみせてくれた。

眼底をガラスの船がゆきすぎてやがて砕ける音のみきこゆ

両腕がしびれてくると思いつつ夢でカヌーをいつまでも漕ぐ

腰をおろすともう立つのがいやでわたしはやがて蔦におおわれる

森　真冬　それから雪が降りはじめこの風景もかき消えてゆく

港湾に馬をのせゆく舟がある波音低き白昼である

第一歌集で作者が手中にした眩しい抒情質は変わっていない。反応する抒情質と言ってもよい。

つらい出来ごとがあっても、うたうことでさらに視界を獲得したのが『風の構図』の世界だ。見えるものを動かし燃焼させたことで一首が立ち上ってくる。

これからもたたかいはつづくだろう。しかし詩とは、歌とは不死鳥のことである。

筒井富栄さんへの手紙―傷ごと太れ

稲葉京子

東京へ引っ越して来て間もなく、ある研究会に参加した時、初めて筒井さんと会った。潑溂として心身に力の漲っている印象があり、若々しい美しさが感じられ、それから私はずっと筒井さんを自分より年下だと思い続けていた。特に親しくなることもないうちに私はまた関西に引っ越してしまった。

大阪の短歌の講演会に加藤克巳氏が来られた時、『未明の街』というとてもいい歌集が出たという話をされた。暫く後、その一冊を読んで筒井さんの内面を初めて知った。明るくやさしく、人を惹き込む音楽を聞くような快さがあった。何年か後にまた東京に来た私が、シャンソンを聞くような感じもあったというと、シャンソンの歌詞を勉強したことがあるとのことだった。

筒井さんは論客でもある。というよりある時期には評論の方に幾らか力がかかっていたこともあると思う。書くべきことが、どんどん湧き上がって来て評論を書くことが楽しくてならなかったという。しかし、私は、いま筒井さんが心を尽くし深く愛するのはやはり短歌なのだという気がする。あのような大病を経験しながら、彼女は頑張り、挑戦し、第四歌集を世に問おうとしている。

「風の構図」というどこかはろばろとしたイメージがありながら、知的な覚醒を思わせる題に私は心魅かれている。


医学とはここまでのことかと思いつつ雨の歩道に一歩ふみ出す

二人とはこんなに淋しいものなのかきっと夢だと思いつつ覚める

この傷も来るたびごとに伸びてゆく森のはずれのまだ若き楡

筒井さんが、病気を背負って歩いて来た負の道は、苦しい負である故に、筒井さんの精神を太らせたのではないだろうか。

楡の歌の把握は、傷をかかえたまま太く育つという自覚であり、筒井さんの内面がありありと実感される。頑張って下さい。

自在な風となる日まで

久々湊盈子

筒井さんがパーキンソン病という重痾に見舞われたのは、平成五年の暮れことだったという。折しも夫君の母上を長い看取りの末に送られたばかりで、短歌も染色の仕事も、さあこれから、という時であったから、その無念さはいかばかりであったか察するにあまりある。難病指定されているその病名がいったいどのような経過をたどるのか、全癒するものなのかどうか、何もわからないままに遠くから祈るような思いで見守るしかすべのない何年かが過ぎた。おそらく本集を手にした多くの人々が懸念されたことであろうが、私も初校ゲラを見るまでは、筒井さんの歌の最大の持味であるナイーブでさわやかな抒情質が、病気によって矯められてしまったのではないか、境涯を嘆く歌に傾くのではないか、などとよけいな心配をしたのであった。

これまで筒井さんには『未明の街』『森ざわめくは』『冬のダ・ヴィンチ』という、それぞれ個性的な三冊の歌集と、『十人の歌人たち』『加藤克巳の歌』という二冊の評論集がある。その文章の語り口は明快闊達であり、短歌作品においても、いわゆる短歌的な湿潤さに遠く、はじめから何ものにも捉われない自由さを獲得されてきたのである。
嬉しいことに、私のおせっかいな心配はまったく杞憂であった。『風の構図』一巻には、文字通り理知的で意志のはっきりした風が、さまざまな意匠をこらして吹いている。

何でもないいつもの朝がくるけれど風立つようなざわめきがある

かけぬけし風は戻ってこぬものを　待つ　一生をかけてでも待つ

誰か風を封じてくれよこんなにも心さわげる夏の一日

以前にかわらぬ口語調の、いっけん屈託のない明るい歌いぶりのかげに、それでも筒井さんが風に託した思いを読みとることができる。この試練を克服して、またふたたび筒井さん自身が自在な風となる日の来ることを、心から信じて待ちたいと願うばかりだ。

甦りの筒井富栄

荻野須美子

筒井さんとお弟子達の雅也《がや》工房展を見に行った。晩秋の銀座は清潔でいつもの様に人は静かに歩いていた。四半世紀の感慨をこめ第25回をもって最終回とするとの、心打つ案内状が来ていたのだ。

彼女が難病に冒され数年が経つ。パーキンソン病の為、次第に歩行も困難になったと聞きながらも、工房展も休まず短歌やエッセーにも衰えは見えなかったものの、重病の状態を見て以来、久しく当人に会わない私には不安や心配が溜っていた。暫く振りの工房展だったが、一瞬いきを呑むような透明な明るい色彩に満ちた空間が展がっていた。一体この明るさは何だろうと思った。彼女は渋い色調が好きで、それはまたシックでありファンタジックな図案ともマッチしていた。今回は静かな江戸褄や付下げ、訪問着などの大作が美事に花開いていた。〝図案は考えますが構成や色使いは先生が考えて下さいます〟とお弟子の一人が私に言った。もともと彼女は優れた色彩感覚を持っていたが、この光りのような色彩は、長い絶望的とも思える病いの苦悩を越えて到り得た透明な世界だったのであろうか。

かつて脊髄カリエスを病み「親孝行がしたくても何も出来ないから、せめてにこにこ機嫌のよい病人になっていたの」と言った彼女を私は忘れない。私の染色教室に若くして自裁したすがわらやすざねの〝秋が来たのであろうか山葡萄が熟れかもしだす石色の甕《かめ》〟の蠟纈《ろうけつ》染が飾ってあり、それで入会して来た筒井富栄が、堀江典子と共に「近代」に入会するのに、そう時間は掛らなかった。こんな思いでいる時、車椅子を押されて沢山の人の待つ会場に入って来た彼女、それは思いよらぬ程に血色もよく太って愛らしいほど若返ってみえる筒井さんであった。低い声ながらゆっくり話す、難病から甦ろうとする奇跡とも云える筒井富栄ではなかったか。

未刊歌篇

目次

海（「短歌往来」二〇〇〇年四月号） 319
海にまむかい（「短歌現代」二〇〇〇年二月号） 320
幻なるや（「短歌」一九九九年六月号） 321
雨こまやかに（「個性」一九九九年八月号） 323
再び軽い歌（「個性」一九九九年七月号） 324
至福の時（「個性」一九九九年五月号） 325
雑詠（「個性」一九九九年四月号） 326
軽い歌（「個性」一九九九年三月号） 326
風の辻（「短歌往来」一九九九年二月号） 327
朝まだき（「短歌現代」一九九九年二月号） 328
夜間巡回看護人（「短歌朝日」一九九九年三・四月号） 329

悲劇・喜劇（「個性」一九九八年十二月号） 330
雨の一日（「個性」一九九八年十一月号） 331
古代より（「個性」一九九八年十月号） 332
時深みゆく（「短歌」一九九八年八月号） 333
八　月（「個性」一九九八年八月号） 335
生命《いのち》をつかむ（「個性」一九九八年七月号） 335
世界中の時計（「個性」一九九八年六月号） 336
春を逝かしむ（「短歌新聞」一九九八年五月号） 337

海

切ないという語この頃わかりそめ大人《オトナ》になったと喜んで居る

死にたいと思う日もあるそれは夜、夜は魔物の来る時間

でも朝になったらなったでけろりとし元気におはよう楽天的に

下書きをしないと歌を忘れ去る言葉は逃げ足素早いものだ

わが夢は面白いものその中で色がついてる言葉もわかる

その上に海をよく見る夢の中元気な時は晴れた海つかれた時は荒れた海

海と波、風ゆるやかに吹ききたり船行き交いてあなたの為に

海にまむかい

砂上をひとり立っている男はなにを考えている？
コッチヘコイ　エンヤコラ　コッチヘコイ　エンヤコラ　コッチヘコイ　エンヤコラ　国引きもどきで手にした電話
傾けたやさしき耳におくりこむわが言の葉の生き生きとあれ
長いことわたしは眠っていたらしいある日の目ざめさわやかにして
身障者手帳二級というものを持ってはいるがいまだにそれを感じずにいる
回顧展開いてもらいそのあまり見事な展示に胸をつまらせ
忙しいああ忙しいと毎日を過ごしておれども生かされている

鬱鬱と今日は過ごせりいたずらに一首だに歌は作れずおわる

人間はよくしたものだ不自由になればなったで感性がさえ

不幸という名の天使《エンゼル》がまいおりたと思ったが多くの人が支えてくれた

　幻なるや

靄深く何と静かな朝だろう夜明けにはまだ間があって

アンデスの山の中のよう　行ったこともないがそうきめる

歌声が聞えてくるが空耳だろう　だが聞える「コンドルは飛んでいく」

電話がなった　これも空耳　受話器をとる　幻の動作で

もしもしと声が流れる夢の中男でもない女でもない
まがまがしい声で鳥が鳴き出した　それは突然　大鷲になる
わたしはどこに居るのだろう眼下で鷲が交差して舞い上り舞い下りる
目のくらむようなむかいの崖上にとびかう鷲の巣があるらしい
どこからかガラスのくだける音聞え閃光が走る何であろうか
新緑の中びゅんびゅんと駈けぬけて青くそまった私である
輝ける背をみせながらランナーの行きすぎる迄をじっとみつめる
長かった闇くぐりぬけ炎天の空の下から開放された

と思ったら　窓外に閃光流れ青白く冬にわかれを告げる春雷

手をのばすサイドボードにふれている何も変らぬいつもの朝だ

雨こまやかに

荒れる海抱いて今日も生きている生きると決めた生きるとしよう

雨足が海にとけこむ風景をバラの傘さしあかずみている

近頃おぼえた花札は赤短青短イノシカチョウ、さくらがきまりというがわからず

ゆで卵むけばうっすら目のようなものと出逢いてたじろいでいる

こまやかに雨ふりついでわたくしをまたも閉じこめ午後になりたる

うたびとの友が日増しに遠くなるそんな気がする雨の一日

再び軽い歌

手入れをしないジャスミンの蕾ほのかに赤くなり再び季《とき》がめぐり来ている

医師ナースの見下ろすしぐさにつくづくと威圧感ずるベッドの上で

関節がくせものなるぞポキポキとなりて上衣に腕がとおらず

手の置き場どこであったか使わない時はどうしていたのだろうか

我がもし神とう者でありしかば青春を人生の晩年に置く

あわただしく桜花《はな》が終りて花水木、躑躅、さつきが咲き盛りおり

至福の時

隣り家のフルートの音が日を追ってまろやかになり日差しが伸びる

さんさんと朝日がそそぐベッドにて至福の時と思いてねむる

若きらは身をそぐように遊びおりスキー、麻雀、フルート、競馬

天皇賞のはずれ馬券が風に舞う見知らぬ青年通りすぎれば

遠い日に袖すり合わせし青年をふと思い出す何であろうか

生きるのは死よりつらいと言っていた君の訃報を受話器にて受く

雑詠

池に石を投げようとする者がいる水面に影がのびちぢみする

朝まだきまだ動かない手や足をうごかす工夫するのもたのし

欲しきもの先のとがった割箸と横に動ける車椅子なり

影をひきあゆむはうれし春さきに同行二人と鈴ふりてゆく

池に石投げられた我の背後より水輪しずかにひろがりはじむ

軽い歌

オレンジのコスモスですと言うけれどはあそうですかと聞いている　のみ

イノブタと同じことかも知れないがトマピーはわが口にはあわず

過ぎたるは及ばないのだ長雨は乾いていけずしめりてもまた

国中が餅を食《は》みつつ元旦を祝うを不思議と外人はいう

正月は老人淘汰の時期なりや餅の事故死が毎年のりて

風の辻

向い風追い風と共にまざりあう都市の真中にわたくしは立つ

息づまりながら一歩をふみだせば風にあらがう喜びがわく

高層のビル立ちならぶ首都にいて風の辻なる言葉を捉う

木枯に欅わくらば舞い落ちて落葉と共の帰宅もたのし

ぬくい栗ふかし芋など出そろえばおでんの鍋も取り出しておく

冬という好きではなかった季節さえたのしめるようになったのも今

追い風におくられて風の出立が出来そうな春の香にみちた日よ

朝まだき

朝まだき　車のとまる音がする門扉をひらくは牛乳やなり

朝まだき　ことりと音をさせながらオートバイにて新聞やくる

朝まだき　外階段を降りる息子《こ》がサイパンに出立らしく

朝まだき　駐車場より出る車スムースもあり下手なのもあり

朝まだき　ヘリコプターが飛んでいく航空写真をとるときおり

朝まだき　昨夜を思いにんまりと笑みて機嫌のよい朝であり

囲まれておだてられればのりやすく元気になるのは得な性分

夜間巡回看護人

午前五時　そら　玄関のドアがあく　息をひそめてわたくしは待つ

足音をしのばせながら　しなやかに　それは来るのだいつも二人で

彼女たちわたしの部屋のドア前でぴたりと止りこつこつ叩く

ドアをあけ　無言で入り　近づいて　そっとわたしを抱えて起す
流星をいま見て来たと彼女らの一人が言った息はずませて
そうだいま　地球は獅子座の流星に　むかって進む　まっしぐら
そうだ地球は　動いている生きている夜空を見上げわたしは思う

悲劇・喜劇

どうしてこんなに心さわげる日がつづく通り抜けたと思っていたが
もう十一時ねむる仕度をする時間なごりおしいが今日のおしまい
好きな時間はまたたく間にすぎてゆく　時刻《とき》を留めるすべなきものか

仰向いて文字を書くののむずかしさ気力というほかないと知りつつ

自らが書きおきながら読めぬ文字悲劇というか喜劇というか

明日という日の困難が目にみえて一人笑いをすることもある

友人はありがたいもの電話にて歌を作れと熱心に説く

ささえられよりかからせてもらうこと許して欲しく又受話器とる

雨の一日

ひたひたと水が寄せくるような朝このさびしさを孤愁というか

聡明という語ぴたりのお人柄隆子さま逝くそれもさびしさ

師はその後手持ちぶさたという時がときおりあるかと案じられおり
菜種梅雨、五月雨、夕立、すぐ時雨、あっという間に氷雨となりぬ
うつうつとうたを作らぬ日が続きそんな自分を許してしまう

古代より

高だかとかかげた花にみおろされわれも時間をさかのぼりゆく
しらしらとあけゆく蓮田「ポン」という花のさく音期待はずされ
すずやかにわれも古代にたどりつき犍陀多《かんだた》の蜘蛛の糸などさがす
春　幻とも現《うつつ》ともさだめがたきこころ戻らねばならぬ現世をおもう

映像は行田の蓮田うつしいて今あさもやのとけゆくところ

時深みゆく

あの日から切株となりし桜の樹　月下にありて燐光放つ

彼岸、此岸、と離れ住む日のためにある軽く小さき携帯電話

群青の八月の空を背景にさくら立つ見ゆ幻なるか

背泳ぎをする夢のなか背の下を魚くぐりゆく時の戦慄

珍しく夜空をさいてまっすぐに地表にささる稲妻をみる

コスモスがもうなびいてる道にでてコスモス街道などというなよ

砕けつつ月が流れてゆく川に吾れと汝《な》が影とどまりており

恋う人は常かたわらに存在しそれでも夏を寒くすごせり

魂をゆさぶりくれることもなし今年八月おだやかにすぐ

雨はもう上がると予報するけれどもっと降れよと心で叫ぶ

目を閉じていたい日がある見なければ夢も自在にひろがるだろう

なにゆえに生きねばならぬと問われいて言葉さがしている午さがり

雀より鳥がさきになきだすと時深みゆく明け方思う

たちあおい咲きつぐ白きこの夏も生きよ生きよと言いつつすごす

八月

八月は群青の空を背景に印画紙のごとき街顕ち上がる

八月のあれは本当だったのか瓦礫となった街えんえんと

だが街はずっと確かな手ごたえでしっかりそこにあらわれていた

乱れた文字の記録が残るあの頃のかすかにうずく黒い季節よ

わたくしを深く傷つけあの街はゆらめきながらまたも消え去る
　生命《いのち》をつかむ

言葉失い八月の日ぐれぼうぜんと灯心蜻蛉《とうすみ》のとぶを見ており

そよろとゆれる何であろうかわたくしの裡で何かがそよろとゆれる
バランスをくずしたままで歩くのはおそろしいことこの上もない
目をあげて久方ぶりに空を見る意外に冴えた月とむきあう
思いきり声を出そうと深く息を吸いこむ時に生命《いのち》をつかむ

世界中の時計

伸びるだけ手を伸ばしてもとどかないそのようなもののあることをしる
もがくだけもがくのがよいと人のいうそれが嘘だと昨日わかった
世界中の時計の針をとどめたいくすりの時間が永久《とわ》にこぬよう

花ぐもりしょうこともなくうごかない蕾のままの桜花のごとくに

長い長い時間をかけて追いつめてわたし自身をまじまじとみよ

　春を逝かしむ

卵黄をぽとりと落しこんもりと盛り上がる朝　菜種梅雨なる

ともすると荒れそうな空みあげつつ捨てねばならぬもの思いおり

地の果てを走る列車は光るのみ音は伝えず西へ消えさる

背をむけて風をうけよう頼るには心もとない春風だけど

しみじみと桜花《はな》を眺めることさえも忘れ今年の春を逝かしむ

初期歌篇

合同歌集『原始』

一九五九（昭和三十四）年六月一日発行　近代短歌会 刊

目次

銀河

銀河

苦悩さえもが甘い哀しさをともなって感じられる時期がある。人生のそんな或る季節を思いきり歌いたかった。そして、その季節を歌いあげることは、私にとって必然性があったのだ。歌が内部からこみあげてくる。「内なる声に耳をかたむけしかして自己を完成せよ」。誰の言葉だったか。私はこの言葉が好きだ。

たのしむことにさえ、一生けんめいでありたかった。とぼけることにさえ、ひたむきでありたかった。どんな小さな事にさえ、むきになってむかいあいたかった。

わずかばかりしか空のみえないからたちのとげのあいだで、青虫は蝶になる日の来ることを信じている。この百首の歌は、そんな私の小さな世界。しかし、そこの角を曲れば、どんな世界がひらけてくるか曲り角にくるたびに、私は好奇心と期待とでいっぱいになり、「人生よきかな」。と思わずにはいられないのだ。

悔いなき夜

ここだけはちぎり来し春雪《ゆき》の街あふれんほどに花のウインド

薔薇《はな》をもて訪《おとの》う人もある春は風強くわが心かわかす

石をみても何も思わぬ夕暮は固き心の置場となく

ちぎられたアレキサンドリア粒ごとにまだ生命《いのち》あり　舌に冷たし

金貨散り　売れない心もつ人の死刑執行　薔薇色の雲

八角の鏡の部屋に出口なし奥の奥までみせられた自己

単調な口説《くぜつ》いちにちくりかえし誰をさそうか夕凪の海

一打ずつ冷気ふるわすあの銅鑼をうちにだんだん凝固する我

二十一の夏　二十二の夏　二十三の夏　二十三の夏……あ、船が出る

或る日　ふと　言葉失いて手探りて　みどり凝視す　遠く海なり

行く先の異なる旅券もつ旅に鎖なってる牡蠣色埠頭

海図ひろげ港はなれし船〈恋〉は小さきランターン沖荒《あれ》模様

台風が沖をかすめて　空白　口紅をかえてみた

傷ついた鯱泡だちの海を切り消える行手に空が焼けてる

抱きあった逃避はにじむ菫色ねむりたいただ。朝はいらない

手の中のグラスに星が溢れでて砕きたくなる夜は藍色

沈んだ愛が海の底から浮きあがるくらげみたいな月がのぼって

空間に火花　華麗に燃えおちて悔いなき夜といいし人あり

われとわが傷つきし夜は月赤く影とよりそいからんであるく

メフィストに影を売りたく思う夜の街一杯に花の香の満つ

一人乾杯

雲のない背景　垂直　鉄梯子　のぼりつめたる生命《いのち》　芥子色

しなやかに鹿皮の靴で破壊《こわ》したし　花　ガラス　自己　夕べの感傷

右左そっぽをむいた朱の靴の止め金澄んだ抵抗をもつ

回転扉がうしろでまわる花の店の　鏡の中に人　来るかだけどもし…

泣きまねをしてみる雪の午後三時電話待つ間の恋のピエロ

鋪道ける　明るいこだま　ハイヒール　フランス料理の魚《さかな》　泣いた目

胸一杯言葉かかえて突き当る　当りかわされ　街は出盛り

喉もとにのびてくる手を期待してあるきまわった名も知らぬ街

黄金色《キンイロ》の昼の電車にとりおとす人生破片を風がさらった

吊るされた月を叩いて風にげる　からからかわいた我が誕生日

深いところからの鐘は幻聴か？　関節ならして冬ももう行くなあ

黒ペンでその日カルテに書きこみぬ病名絶望――唄がきこえた

饒舌の後から悔いが追いついて何時もの通りに自己がまぶしい

かたむいて汽車高架線わたりすぎ四角い街に西陽が強し

シグナルが青に変った交差点　押され　運ばれ　意味のない〈時〉

ぶつかりあう人ごみ肉を焼く匂いごたくたな街　陽沈む

街角を折れ車とめ片足をおろした都会　丁度灯がつく

群集のあふれでて酔う祭の日はしごの上で一人　乾杯

行きずりのドアの内側　束の間の現実遮断　影がおどける
深夜喫茶のドア肩で押し街夜明け青い地球の鼓動　息のむ

夏の絵本

目をさます窓におかれた透明な絵本手にとり　夏
誰か詩を。言葉もたないシャンソニエ扉のそとで一人ねてます
どう狂ったか今朝街並は群青で自分以外の人を想った
けものみたいに若者朝をかぎまわる街角に潮の匂いなし
街路樹のつづく道　雨　心一つ　傘かたむけて　遠く……　遠く……　遠く……

雨上り　すれちがいざまの投げキッス　坂の途中の夏との出合い

竜涎香《りゅうぜんこう》しみこんだ部屋をひそやかに風あるき抜け細い道つく

水槽の闘魚動かず豪雨　浅いねむりに期待まぎらす

メダル投げ裏か表か手にうけて他人まかせの午後のはじまり

積乱雲　ひと　さかなみたいにすれちがい街角にじれて　じれて立つ

カーニバル踊りの群れの爪先にけられ石ころ〝わが唄〟うたう

左肩下げての速い流し目を素通りさせて煙草二本目

芥子胸に狂い咲きした花氷　アポロ目で追いやせる夕方

バルコニー日除けの下でだんだらに恋がそまって避暑客も散る

バーテンは恋よせあつめシェーカーを麻の畠でねむそうに振る

鍵のとぶ音をどこかで期待する鎧戸おろした山荘《ヴィラ》風荒れて

ハーレム・ノクターン　すべてを忘れろ　いがみあう人間どもよ　よりそって泣け

若者は船出を今日もとりやめたまだ手に入《はい》らないクリスタル羅針盤

飛ぶ！　雲！　何をいそぐか！　キャンバスに風がざわめき夏の絵を消す

今年最後の花火　束の間の明るさ　ピンクのビールの泡ふき上る

朱《ヴァーミリオン》

ハッカの匂いのくちづけ楡を渡る風もえろひまわりのように愛
ゆっくりと恋唄流す若者にいつか丁字の匂う日も暮れ
〈ゴンドリエ〉このひびきもつ言葉ききゆらりかたむく愛　夏の日の……
こみあげる人恋う心避けて唄　みすかされたかネオン冷笑
新しい切口に樹液泡だち痛みのない日は遠い雲の裏側か
白日追いつめられた自己死ぬな　目をあげて！　空ははてしない
屈辱をぎりぎりに耐え　雨けぶり　肩そびやかしてみる道　石だたみ

地の塩をつかんで立ったブロンズは半身陽をあび今生命《いのち》もつ

心臓をヴェネチヤ・グラスにおとしこみラムそそぎ　いつ……火つける

あそびからあそびの合間　若者の群れに言葉のない暮れの街

ポーカーの点取り表とジンのビン吹き寄せられる切れた履歴書

遠ぼえの犬に凍った赤い月ダイスあそびに落ちてきた恋

ダイアナの牡鹿嫉妬で沙の幕を裂いたか　一ヶ所　空くれのこる

或る機会わざとのがしてこの自虐トパーズ色のもやと溶けあう

大いなる鎌　星空にひっかかり青光る中を地球かたむく

捨てていけ私《わたし》を。空が青すぎて街の砂漠を隊商が練る
駈けのぼる坂道　サファイア色の夜　展けゆく闇　ひそんでる明日
太陽は生れた疑惑やきつくす　何も思うな砂にまみれろ
誰も気づかぬ　この朝焼けを　不死鳥のよみがえる日を　捨てた昨日を
その色のほかは捨ててしまった冬　孤高　朱《ヴァーミリオン》の道あるく

青い混沌

もう二度と風もさそわぬ大風車　ドンキホーテが今はなつかし
暗い朝　薔薇一つ重い首あげる　忘れさられたすきとおる庭

ビルの壁　おいていかれた影ぼうしはりついたまま　今日　飢え死にす

すべて後手　光の夜を押しわけて低く自分に唄をきかせる

最後のカードめくらずにおき外に出るわた毛みたいに夢はとんじゃえ

落さねばよかったイブの喧噪にハート型したシナモンケーキ

カーコートさりげなく着るその下に紋章のような失意やきつけ

計算をポカリ忘れてふと気づく銀河ななめに宇宙荘厳

呼んでいる。誰が？　そらみみ。外は雪。部屋に一杯散るモノローグ

トランペットの最高音にぶら下る若い哀しさ狙い　銃とる

冷たかった長かった夜今明ける若者一人あるくとこから
若者はひそかにてれて石投げて池にひろがるしわくちゃな月
反逆者　霧に涙をごまかしてマッチすりすり灯が欲しい
反逆者をきどってみたが雑踏で同じ格好《かっこ》のピエロ　ウインク
枯木立こっそり過去をたてかけて逃げて帰って雪よふれふれ
荒々しく今日一日を引きちぎり白い朝《アシタ》を無理に信じる
ただれた空は叫ばないまま暮れてゆくこのどん底に心かわく日
「罠」ありと氷《ブルーグラシエー》の色に光る道まがりかかって動かずに夜

この灯《あかり》ふき消した風とからみあい地底につづく段おりてゆく
動けない青い混沌　しみる風　声のない唄　でも野は真昼

歌人論

『十人の歌人たち　同時代作家論』より抄出

小池　光　君よ片目をつぶらないか

「バルサ」。それは何と軽やかで、何と暖かいひびきをもつ言葉であろうか。少年のしなやかな指がさばいてゆく、この木材とも思えぬほど軽い、ぬくもりのある工作材料が、やがて模型飛行機の翼となり、夢をのせたまま空中に飛翔する。

若草色の繊細な風景（が、しかしなぜかその風景は私に、中世の魔女裁判を連想させたが）を描いた表紙をまとい、『バルサの翼』が舞いこんだ時、私はその外装にことごとく満足し、心は期待にみちたのである。

父の死後十年　夜のわが卓を歩みてよぎる黄金蟲あり

この導入部にはあまり感動はしなかったが、

血を頒けしわれらのうへに花火果て手探りあへり闇のゆたかさ
くらぐらと赤大輪《せき》の花火散り忘れむことをつよく忘れよ

つつましき花火打たれて照らさるる水のおもてにみづあふれをり
打ち出されかれら爆《は》じけるときの間を充実といふ言葉に到る

以下、終章にいたるまで、全く無駄のない作品が、小気味よいほどに並んでいた。この歌集における小池の作品は、その無駄のなさと、展開の速さにおいて、まさに現代の息吹きを運んできた。時には才能の乱費とさえ思えるほどに、言葉は言葉を生み、回転し、かいくぐる。言葉の選択に日常性が強く、したがって伝達がよい。その日常的な言葉は配列の段階で日常よりはなれはじめ、しかし地上を見失うほどに飛翔はしない。このあたりの呼吸の上手さは、この世代の歌人の中で他に類をみないであろうとさえ思わせられる。

成しをへて帰投を急ぐ帆のひとつ睡らむとするまぶたに彫りき
中空《なかぞら》に朴の花ひとつ昏れむとしわがこころ遠き絶唱に和す
冬の罌粟硝子に擦れてかわき果つひすがら火薬合はせてゐたり

これらの作品の距離感は私を充分すぎるほどにひきつけた。まず、帰投を急ぐ帆が、映像として浮かぶ。かなりの距離をもって。次に睡らむとする、で、ぐっと距離はちぢまり、さらに、「まぶた」という特定の位置にもってくるまでの間のおもしろさ。スピード感。ちょうど、カメラのレンズの焦点を移動させるような感覚である。「中空に」にも同じことが言える。「中空に朴の花」から一転して、「わがこころ」に焦点はおりてくる。ふたたび「遠き絶唱」とへだたり、結句の「和す」で、再度手許にひきつける。
小池がその歌集のあとがきで、「多くはぼくにとって作歌するという行為が、あのバルサ材をけずり、みがき、接着していった行為とほとんど重なっている」と思い、「つまりぼくは歌を〈作って〉きたのである」と言い、「歌をうたったのでも、詠んだのでもなく、歌を作ったのである」と断定していることには注目せねばならぬだろう。さらに、「このような方法から短歌入門を果した者にとって、短歌はなによりもまず、五句三十一音の〈定型詩〉として存在した。〈伝統詩〉としての短歌、という発想ほどなじめなかったものはない」という発言には、殊に注意を払わねばならない。岡井にしろ、寺山にしろ、少し前の世代の歌人たちが、この詩型を伝統小詩型として切りむすんできた部分が、小池のこの『バルサの翼』に関する限りはない。作者自身も書いているように、今後の短歌とのかかわりの中で、その立場はこれから先の必ず大前提となり続けることであろう。

北の窓ゆつらぬき降りし稲妻にみどり子はうかぶガーゼをまとひ
さくらばな空に極まる一瞬を児《こ》に羊水の海くらかりき
溶血の空隈なくてさくら降る日やむざむざと子は生れむとす
あえかなるひかりあつめて湯に泛ぶみどりご永遠につばさある毬

みどり児に対する小池の歌い振りには、あやしい美しさがある。女性はやはり、こうは歌えないだろう。血肉をわけて胎内に抱え、その胎動をそのままみずからの肉体でとらえる女性と、生まれ出ずるまでは、ふれようにもふれ得ず、とらえがたい児というものを、不思議な生物として目の前にみるしかない男性とのちがいは微妙な形となって作品にあらわれてくる。

稲妻のひらめく瞬間、青い光線の中にうかぶガーゼをまとったみどり子は、あたかも時空を越えたところで静かにねむっているもののように思えてくる。さくらばなと、くらい羊水との対比。あえかなるひかり、湯に泛ぶみどりご、つばさある毬、それらが醸しだす不安な美しさ。

それらは第二歌集『廃駅』の中で、

あかがねの月のぼり来て千の家に千の赤子の青畳這ふ
大風の春の夜なれば屋根〳〵に跳梁するは赤子の群か
ぶよぶよの赤子の口に風かよふ五月いはれなき生のはじまる

というように歌いつがれている。ここでは、第一歌集のみどりごより、さらにおそろしい部分をもって迫ってくる。「千の家」の「千の赤子」、それがいっせいに青畳を這う。なまあたたかい春の大風が吹く夜、見上げると屋根屋根に赤子が跳梁するという。ぶよぶよの赤子の口は暗く小さく開かれ、しかしいずこにその暗さはつづくのであろうか。ぶよぶよという表現が、この一首全体にあたえる影響はきわめて大きい。

それに比して、

稚な木が渾身に花むすぶとき一生《ひとよ》いたましき叫びとおもへ
天空を支へてありし一茎の麦のちからとおもひねむらな
胸のべの丈に咲きたるあぢさゐの毬のおもたさいきなり信ず

のような作品は、歌としてはよいのだが、どうしても小池が作らねばならぬ作品ではないようだ。ことに下句の表現にそれを思う。

まだすこし醒まさずにおく逸楽のいくつ夜明けをわれら経て来し
ふるさとよ　はげしき異郷　なめくぢの背のひかりあふ廃井ふかしも

のような世界をもつ小池なのである。

このようにして『バルサの翼』は、たえず私の周囲にごろごろしていた。表紙はかなり手ずれて、つまりいつも、そんじょそこらにころがっていたのである。本棚に丁重におかれていたのではない。それは気に入った絵本のようであった。このような書かれ方を、小池は怒るだろうか。当然怒るべきである。これらの作品が、絵本のように軽かろうはずはないのであるから。あるいは、にんまりとわが意を得るであろうか。当然にんまりすべきでもある。小池の、普遍、大衆、みんなと同じ意識が、その意図としてあるならば。歌集が特別な本ではなく、ミステリーや、中間小説と同じように、読まれる本であるとするならば。つまり、第一歌集にかぎっていえば、それは絵本に似ていた。いいかえれば、高度な知的遊戯とも言える。
昭和五十三年十一月に発行された第一歌集『バルサの翼』は、第二十三回現代歌人協会賞を受賞した。そして、第二歌集『廃駅』は五十七年十一月に発行されたのであるが、冒頭の、

カタロニア炎暑沈黙の村々をささへとなしてこの日働く

の一首からして、第一歌集のあのかろやかなひびきを消していた。

颱風の眼に入りたる午後六時天使領たるあをぞら見ゆる

塚本の領域にありそうな「天使領」という言葉を巧みに取りこみ、自分の流れに乗せている。

虹の脚ほのかにのこる午後三時泥沼のごとき人間《じんかん》にゐる
人はむかし嵐の中に檣《ほばしら》を切り倒すべくちからあはせき
数寄屋橋ソニービルディング屋上に青きさんぐわつのみぞれ降りゐき

『バルサの翼』でしばしばみられた、レンズの焦点をはげしく移動させるような、遠近の操作は、この集ではきわめて少ない。じっくりと身辺をみつめ、街の一隅、一角に目をむける。さりげなく歌いながら、人間の哀しみをおびた部分に入りこんでゆく。『バルサの

翼』のあとがきで、「歌は作るもの」と言っていた作者が、この集では、歌いはじめた、とも言える。作者自身がどう思っているかは別として、歌は詠われてきはじめている。そのことを、『廃駅』のあとがきで作者みずから、「作者である自分の想念の及ばぬところで、勝手に歌自身が自らの様式的完結性を求めてうごいてしまうのである」というふうにしるしている。

さきの歌集のような言葉のからみあい、くぐりぬけ、めまぐるしいほどの回転のおもしろさはぐっと影をひそめた。そのかわり、永田和宏が、「並いる凡夫の中の一人」「平均的何とかを代表している」「つまり全く平凡な一市民なんだよ、という典型」「みんなこれまで自分を主張するところを、小池は全く他とは差がないということを強調する」というような部分が目についてきている。しかし一方、これは大変に重要なことなのだが、現代に対して、鋭く火矢を射込んでいる作品のいくつかがあることを発見する。

目を閉ぢて菜の花のうへにわれは見つ海へなだるる野鼠のむれ
コンピュータ一基に春夜藤いろの淡き灯ともるさぶし官能
濡れてゐる革手袋のおきどころふとこの家のいづこにもあらず
老姉妹棲むマンションの夜の窓月光をよぶソプラノ洩るる
月蝕の十二時を期しガレーヂに飼はるるくるま家人を襲へ
のどぶえのかき切られたる口開けて数歩を走れかがやく数歩

子どものテレビ番組に、「ウルトラセブン」というのがある。「ウルトラマン」シリーズの中でもきわめて出来がよく、たびたび再放送されるのだが、とりわけ「狙われた街」は、何度みてもおもしろい。例によって、他の星から星人が乗りこみ、地球を征服しようとする。その時、星人たちのとった方法だが、地球を征服するのに最もさまたげになるのは、地球人の、たがいを信頼する、という習性だ、それを破壊すれば目的を達する、とばかりごく一般の市民たちを次々に洗脳してゆき、かなりの効果をあげるのである。着想の意外性と、映像の美しさ、シルエットの多用と、一場面の中でのカメラの焦点の移動などが、筋書きをひときわ盛りあげている。子ども向けの番組というより、大人の理想を（それは地球を守る、人類の愛と信頼というようなものだが）テレビカメラの特性を駆使して映し出したものといったほうがよい。

このテレビカメラの特性に似たものを、小池の作品は持っている。テレビはしょせん「電気紙芝居だ」という説には、私は承服しかねる。久し振りで映画をみれば、テレビとの相違はよくわかるが、テレビと映画というものは全く別のものであるという思いを強くする。芝居や映画をテレビで代用することはできないが、テレビは代用品ではなく、れっきとした、テレビという分野をもち、テレビ文化を作りつつあるもので、おびただしい、くだらない部分を有しながら、確実に現代をとらえ、問題を投げつづけているのである。

現代を生きている歌人は多いが、現代をとらえている歌人がどれほどいるであろう。小池はその数少ない、現代をとらえている歌人の一人である。

薄明のそこはかとなきあまき香《か》は電気蚊取器はたまた妻子
階段をかたむき曲がり柩くだり長すぎるものは運び出されぬ
仏壇の置き場をめぐるいさかひの夜半に至るころ狂ほしき
つばつけて白銀みがく現身の母に近づくすべはなかりき

これら小池の作品は小市民的な日常性ではない。現代人の宿命の自覚のようなものである。高層住宅に住むのも、家族のありようが変わってゆくのも、現代人としての避けられぬ宿命である。その中で生きるというのは、どういうことなのか。小市民的な日常性の中にほんとうに生きている人人がいる、と言うこともいえよう。

永田和宏はさらに言う。「小池みたいに徹底した形で、日曜日には子供連れてお子様ランチを食べに行くとか、3LDKの四階に住んでとか——平凡なものが歌えなかったところをあえて歌ってしまうおもしろさだと思う。われわれは、誰でも同じように体験する状況は歌にならないと思った部分がどこかにあったな」。ここで永田の発言で気をつけなければならないのは、この場合のわれわれは、永田世代を指す〈われわれ〉であるということだ。というのは、「だれでも同じように体験する状況から、歌はたくさん生まれている」と言うことで、創造性と、体験とのかかわり方なのだが、これについては別に書く時を持ちたいと思っている。

小池の『廃駅』の中では、まだそこまではっきりあらわれてはいないが、小池の描きたかったのは、平凡な小市民の中の衝撃的な部分ではなかったろうか。プロ意識がいちじるしく衰退している現代を表現したいという思いもあったのではないか。というのも、小池光という歌人は、この世代の中で、もっともプロ意識の強い作家であるように、私の目にうつる。近頃は、犯罪でさえ、多くの部分をアマチュアがしめている。教師、芸能人、いずれも、職業意識は高くない。つまり、だれも彼もが、フツウの人になりつつある。芸をもたずに世に出ることができる。逆に言えば、フツウということの大変さが、見なおされたとも言える。選ばれた者の高さが、普通の者と大差ないように見えている時代なのであろう。小池は、一般人、大衆の中の一人のような振りをしながら、現代のプロ意識の欠如をついているのではないか。アンチテーゼとしての「大衆の中の一人」を標榜しているように思える。しかし小池のアンチテーゼは、普遍性と言いかえられてその役目を果たさず、むしろ、時代の代表者としてうけ入れられてしまった。なぜか。それは小池が視えすぎる目を持っているからではないだろうか。そしてその目は、はるか時空を超えるほど遠くはなく、近未来、ちょうどわれわれが、現実の生活の中で視たいと思うほどの距離をとらえているからではないか。ことに「家族なんてものが今や風前の灯であるということ、それがシャープに感受されてなくちゃダメだ」(「短歌人」昭59・2)と発言しているように、現代の家族というものが、時々刻々と変化してゆくさまについては、そしてそれを、冷静に客観的に視て、作品化してゆくことにおいては、最も先端を歩いている作家であろう。

老姉妹棲むマンションの夜の窓月光をよぶソプラノ洩るる
真夜中のエレベーターの扉開きあふれきたりぬ青き山河
マンションの最上階ゆ夜な夜なを童女哄笑のこゑのきこゆる
宵々を讃美歌洩るる二号室異星人家族ここに棲みゐむ

これらの作品は、新しい住宅の出現が、まだどこか人間となじみえない、あるかなきかの空間を歌っている。目にみえない空間の怖さが、マンションの中にはある。このように、小池は、現代の社会の中での現実的な部分（家族とか、建物の構造を含んだ）を多く歌っているようでいて、『廃駅』の中でしめるそれらの作品の分量は意外に少ない。そして私が最も好ましく思う集中の歌はむしろ左のようなものであった。

なだらかなこの日日にしてまぼろしの大いなる鱝《えひ》、頭上をおよぐ
把手《ノブ》つかむ正午この時水中をただよひ生くるものに影なし
にごりたる池水へくだる藤ふさは夕暮界の旗となるべく
螢、わが口より翔《た》てりひとつまたひとつうらわかき夏の冷気へ
若草《わかくさ》色のセーターの袖つん貫《ぬ》けて遙かなりわがこぶしひとつが
春の雪がらすの屑のうへにふるゆめをみてゐる脳のあかるさ
夕暮の水よりあがる人体に翼なければあゆみはじめき

昭和二十年以降生まれの歌人たちが、日本人としての体質をかなり失ってきていることはたしかで、それも現代の中で何ごとかに抵抗しようとしたわけでもなく、ごく自然に吸収してきた新しさというものであろう。昭和一ケタ世代を中心とする、昭和三十年頃の現代短歌に対するアタックの中には、短歌の詠嘆性の排除、この詩型内での軽さ、篠などにみられる向日性、島田が指摘する集団の思考、そして塚本の「狭義の私生活を作品の世界とすることを峻拒するところに私のプロソディは成立し、そこから作品が始まる」という激しい主張、寺山の私性の問題などが噴出した。超結社の集団活動ののち、それぞれが個に戻り、各結社内で各自の仕事を進めたのであるが、そしてその仕事は、各自が現在にいたるも、なお問題を含みながら持続させているのであるが、若い世代はいとも楽々と、社会的背景に助けられてそれらのことを通ってしまった。つまり、現代に対する懐疑性が、はなはだ稀薄なのではないかと思ってしまう。女流歌人の活動も、この世代を越えた行動力というものはあるとしても、その作品活動の中に標的をもっているかどうか、ということだ。すると彼らは言うだろう。「なぜ標的をもたなければいけないんですか」。そういう、けろっとしたところが若手歌人たちにはある。そのあたりから短歌は変わってくるか、ということも思うが、どうもあやしい。

その点、鋭い問題意識をちらつかせながら、現代の核心にふれようとする小池は、この世代では最もおもしろい、興味をそそられる歌人である。その小池も、散文を書くと機智がありすぎて、かえって論旨を不明確にしてしまう惜しさがある。小池は、永田和宏ともっと論争をする必要がありはしないか。小池のほうから仕掛けて、喰いさがる部分を永田は持っている。今の小池の論に対しての受け手がどうもいないように思える。

うしみつのころほひちかく菖蒲湯に愚者われうかぶ帽子かむりて

岡井ならばともかく、小池の作品には、どうしても「愚」という文字が似あわない。この言葉は今の小池からは遠い。

小池光！　君よ、片目をつぶらないか！

岡井　隆　現代の妖術師

時代というのは、おもしろいものだと思った。時というのはほんとうに、刻々と過ぎゆき、また来たるものである、とつくづく思った。それは、滝耕作評論集『荒野と疾風』を読んだ時である。集中、「岡井隆」の章で、彼は、

　肺尖にひとつ昼顔の花燃ゆと告げんとしつつたわむ言葉は

を引用し解釈しているのだが、「肺尖炎は肺結核の初期疾状」ということにたどりつくまでに、かなり努力を要し、かなり時間をかけているのだ。

あの当時（昭和二十年半ばごろから三十年前半くらい）、肺尖という言葉は必ずしも専門用語ではなかった。戦時中の無理がたたってか、多くの若者が肺結核にかかった。職場の集団検診でも、何人もの者が、肺尖、または肺に影を発見され、長期療養を余儀なくされた。パス、ストレプトマイシン、ヒドラジッド、というような薬が次々と用いられ、健康保険がまだ適用されなかった頃には、それらの薬を買うために、家屋敷を手放す人さえ

出た。結核は、なおる病気にはなってきていたが、莫大な費用のかかる、長期の療養を必要とする、大変な病気であった。だから、私は肺尖に燃える昼顔の花を、肺癌と思うことはなかった。また、告げんとしつつ言葉がたわむのも、医師として全く理解できる態度なのである。かつて、俳人の高柳重信との会話の中で彼が、

「現代の文学がおもしろくなくなったのは、肺結核がなくなったからだ」

と言ったのに対して私が、

「でも癌があるわ。死と対決しなければならない点では同じでしょう」

と答えた。すると高柳重信は、

「ありゃあ成人病だもの。大人になってから死と向かいあうんだろう。肺結核はもっと多感な十代から二十代だからな。まだ若いうちに死をみつめるからよいものができるんだ」

と言った。私は沈黙した。肺結核は、当時そのような病気だった。癌は発見されてからの勝負が早いが、肺結核は何年という療養生活だ。そしてやはり、死をみつめる病気であった。


滝耕作は右に引いた岡井隆論の中で興味深いことをのべているが、その中でも、岡井の作品の私性にふれているところがおもしろい。私性にふれるというよりは、この作家論を書く前に、実在の岡井隆に関する知識をふり捨てられる限り捨てようとつとめている。もっとも、滝の方針としては岡井に限らず、どの作家に対しても歌人その人への知識が0か

あるいは0に近いことを望み、最も純粋に作品に対峙したいと欲しているのだ。しかし私は、岡井隆に関する限り、滝とは全く異なった方法をとって、『人生の視える場所』『禁忌と好色』を読んだ。つまり、岡井の多彩な実生活を読みとれる限りその作品から読みとろうとした。私の知る限りの岡井への知識を換気した。

島田修二の私性を問うならば、私はむしろ岡井の私性を問いたい。岡井はその作品の中に、岡井の実生活を髣髴とさせる。いくつものキイポイントを残している。そこに読み手が関心を持ったとしても、それは読者をそこまで引っぱっていった岡井に全責任があるのであって、読み手側の関心をフォーカス的だと責めることはできない。私は、岡井のその点に尽きぬおもしろさと、現代性を感じる。読者を引っぱってゆく力はまさに妖術師である。

昭和五十三年三月十九日、アラビア石油株式会社調整室長・遠藤麟一郎が急逝した。その死亡記事を、新聞下段に発見したとき、私の背中に戦慄が走った。享年五十三歳。若すぎる死であった。

このことと岡井隆とが、いかなる関係にあるのかということはいずれわかるので、しばらくまわり道におつきあいいただきたい。

昭和二十二年秋、遠藤麟一郎は住友銀行日比谷支店に入社した。私はその翌年入社、秘書室に勤務の頃、遠藤麟一郎は従業員組合の代議員としてしばしば、事務局にやって来た。

事務局は重役室の前を通りすぎたところにあるために、私は時々彼をみかけた。すごいほどの美青年であったのと、どうみても銀行に入社してくるタイプではなかったのとで、一目で憶えた。舌をまくほどの切れ者だという噂が流れてきた。何もかもそなわっているはずの遠藤麟一郎にみられる翳がなぜか気になった。一高東大出の秀才で、将来重役といわれていた彼が、いつか姿を消し、アラビア石油に移ったとつたえ聞いたとき、なぜであろうかと不思議であった。丸ノ内で彼に偶然出会った元同僚が、「相変わらずの美貌だったが、何だか崩れた感じだった。荒れたようにみえた」というのを聞いた時、どうしてなのか知りたかった。その後、消息もわからぬまま、何年、いや何十年であったろうか、過ぎていった。そして突然の死亡記事。目の前を偶然に通りすぎて行った一人の男のドラマを、私はどうしても知りたいという思いにかられたまま歳月が流れた。

ある日、同窓生の一人から「最近読んだ本でおもしろかったから」と手わたされた一冊を、パラパラと繰ってみて、私は息がとまるかと思った。『二十歳にして心朽ちたり—遠藤麟一郎と「世代」の人々』とあるではないか。長年、中央公論の編集をしていた粕谷一希の手による遠藤麟一郎の一高時代から死に到るまでの物語であった。

この一冊によって、長年はげしく求めていた、一人の男の生涯の、ほとんどを知ることができて、私の内側の空白が埋められたのであるが、岡井隆という歌人は、私にとって遠藤麟一郎に対するのと似たような興味をそそられる人間なのである。しかも、岡井は歌人としてみずからのドラマを書き綴っているではないか。

粕谷一希の『二十歳にして心朽ちたり』は、鱗一郎が日比谷病院で吐血をくりかえし、意識不明のまま死に到った場面からはじまっている。そこから彼の過去を知る人々をたずね歩き、推理小説的な手法を用いて、彼の人間像が浮かび上がるようになっている。そして遠藤が学生時代、全国大学高専機関誌「世代」の初代編集長であり、加藤周一、中村真一郎、福永武彦らが「世代」創刊号から六号まで寄稿しつづけ、それが三人のジャーナリズムへのデビューとなったこと、同人に中村稔、清岡卓行らが加わっていたこと等が、序章の部分で語られていた。遠藤が銀行の廊下を歩いているのを一目みた時から抱いていた疑問はこの序章によって、月並みな言葉だが春の氷のように解けていったのである。しかし岡井の二冊の歌集は、このように心地よく私の疑念を晴らせてくれるものではない、殊にその詞書きと自注がくせものである。妖術師の妖術師たるゆえんはこの二つにあるといってもいい。

人生の視える場所なんてどこにもない。それはわかっている。『人生の視える場所』と書きながら、岡井には実は人生が視えているのである。こう書かれてしまうと、読者は、それを信じる。何しろ本人が書いているのだから。

さらに、

せめてその場所があると思って歩むのだ。

と続けばなおさらである。

歌人の中で役者になれる者が二人いる、一人は岡井隆、もう一人は玉城徹だ。寺山はやはり演出家であった。寺山修司の登場させる短歌作品中の人物は、われという形、わが父という形をとっていても、多くは寺山が登場させ、演じさせている人物であった。しかし岡井はみずからが登場し、みずからが演じる。みずから選んだ相手役を相手として。この場合の相手役は、

絶対の批判をせよといひよこす史洋《ふみひろ》のためあはき言葉を
応へなき角川春樹さびしけれ文人と見て文を遣《や》りしに
京へきてあきらをおもふかざはなのそらにことばはうしなはれつつ
『禁忌と好色』

のように、大島史洋、角川春樹、清水昶などの固有名詞だったり、または、

かくのごとおのれを殺して生き来しを二つの顔の間《あひだ》雪降る
襟立ててうつむく女《ひと》よ朝市に青く小さき橇《そり》を購《か》ふべし
『人生の視える場所』

送ってきた女は、ちらっと笑ったようであった。

という「女」であったりする。送ってきた女は歌集を読みつぐかぎり妻である。男はしばしば「あずさ」に乗るが、行く先は信州で、そこに女の実家があるようだ。妻と歌わないのは、いまだ妻にはなっていない女人なのか。しかし女には子どもたちがいて、男は一人東京経由で勤め先に帰り、女は子どもたちとその祖父母の家で休暇をすごす、と自注している。岡井には、妻を歌った作品があるから、妻という言葉を使わないのではない。しか

しここでは、送って来たのはやはり女なのである。

岡井の作品には、しばしば、妻とも、愛人ともつかない女が登場する。あるいは女たちと言おうか。そしてこの女たちを抜きにして岡井を語ることは、私にはできない。妻とも愛人ともつかない、という言い方は、事実ともフィクションともつかない、と言いかえることもできる。そのあたりについては、藤井常世が『現代短歌の十二人』の岡井隆論でしるしている。「注によって明らかになる部分も少なくないが、(『人生の視える場所』自注について)どうしても明らかにされない部分も結構あるのである。それは岡井の意志なのだと思う。ここは説明しておこう、これは隠しておこうという選択の基準はあって、判ってもらいたいところもあれば、判ってたまるか、と言いたいところもあるのだろう……。そしてあるいは少数の(あるいはまことに多くの)岡井短歌にこだわり、くいさがる読者のために書いているのである」という部分は、あたっていよう。しかし私はこの自注、妖術の部分をのりこえることにした。

岡井の作品、殊におびただしい自注と詞書のついた『人生の視える場所』『禁忌と好色』を読む場合、作品中の「われ」と、彼岡井隆とを、どのように重ねるか、つまり同一視するか否かという問題がある。この点を、滝耕作は「読者をその中に招き入れる機能を持った無名性のわれ」であると捉え、「優れた短歌作品はそのような無名性をもったものではないか」としている。藤井常世も、岡井短歌のある種のわかりにくさを言外に含めているが、作者とのかかわりあいの濃度によって、いかようにも読める歌集という一種不可思議なものとしてこの二冊は存在する。これは、「生きる動機を主として周囲の他人の指示のなかから選びとり、生きる方法は、もっぱら諸欲の直接的満足というあたりに据えつけて、結果はなるようになれで生きて来た」という岡井の一九七〇年代の思考が深く尾を引いているように思える。意図的な歌集にみえながら、実はこの二冊は、岡井の半生を自分の好む程度にさらけ出し、「さあ、どうとも読んでくれ」と腰を据えた感がしないでもない。その部分が藤井の表現によれば「ある程度の余裕をもって」ということになろうか。「われ」と作者の重なりあいについては、なかなか的確には表現しにくいのであるが、さきにもしるしたように、この二冊（特に『人生の視える場所』にはっきりあらわれているのだが）は、岡井隆が書いたシナリオを、本人が演じている、というところではなかろうか。つまり、作品中の「われ」と、作者岡井との間には一見かなりの距離があり、それが「無名性」に近くなっているように見られるものの、作中の「われ」はまさに岡井そのものである、というのが私の見方である。

岡井もまた、その多感な青春前期を、戦場に征かずして戦争にまきこまれた世代であった。配属将校の罵声や学徒動員による工場配置、読む本とてないあの時代を、しかし岡井は島田とちがい、かなり時代に背をむけて、消極的にまきこまれていたようである。したがって八月十五日が岡井にあたえた影響は島田のそれとはかなりにちがう。すべての価値観がひっくりかえった戦後の混乱の中で、だれはばかることなく文学を語れる喜びに身をゆだねることができたのも、戦争と岡井とのかかわり方にあったのであろう。戦時下における岡井の姿勢と孤立感は、当時の文科型の人間、文学的なものとの出会いを渇望していた人間にとっては共通のものであったにしても、後の、岡井の、短歌との戦い、また実生活における生きざまにまでも、深くかかわってくるのである。

鯉のうろこの思ほえずして巨《おほ》きかり口ごもり言ふ女人に礼を

『禁忌と好色』巻頭の一連の最後の作品である。この巻頭五首に対して岡井は方法的自注を付記しているが（父の死の前後の端午の節句の頃、鯉のぼりの鯉が一日はためいていて、そこへ見舞いに鯉をもって女人がたずねてくるという情景である）、鯉のぼりの鯉と、女人が抱いている鯉の対比や、鯉が主題で、父の死はかくれた主題であるということよりも、鯉を抱いて女人が立っている、ということに私の興味はそそがれた。父の死の前か、あるいは見舞いが間にあわず死の後であったか、とにかく鯉をもった女がひっそりと立っていた、ということである。鯉という魚は、特別な魚である。人と愛恋の感情をかわすことのできる魚であり、女人に化身することさえもできようという魚である。五首中の前四首はむしろ、最後の一首をきわだたせるための作品である、とみたほうが私には理解しやすい。そのため、岡井の自注の中で私に納得できるのは、作品の順序についてだけであった。一首の中にドラマを盛りこむことの上手さは岡井の特質の一つであろうが、「鯉のうろこ」の作品における女人のたたずまいと、対応している側の、さらっと口に出ない礼の言葉と

の間にただよう情感に私はひかれた。岡井の作品には、直接女を歌っていなくとも女を連想させる情感の溢れる歌がある。それも、

すりガラス様の濁りに耐へながら後半生を生きむかわれも　『禁忌と好色』

のように、白濁した重い空気の中でかすかにゆらぐひとときを歌ったものがいい。そのような作品に出会ったとき、私は井上靖の短篇「三の宮炎上」を思い出す。神戸三の宮が空襲で炎上する夜、空き別荘で結ばれる少年と少女の形状しがたいニヒリズム、戦時下にありながら、その空間と時間だけは、だれにも犯させないという、（しかしけっして積極的にではなく）時代とは切り離された世界の形成。短歌という最小の詩型の中に受け身の生きざまを武器にして歌いあげる時、岡井の短歌が光芒をひいて輝くとみるのは私だけであろうか。

ある愛のかたむきてゆくかそけさを母韻《ぼゐん》推移のごとく歎かふ　『禁忌と好色』
苛《いじ》めぬくやはらかなその掌《て》のしたに背《せ》の山脈《やまなみ》のたかぶりやまず
ゆるしてはならぬと人の言ふ故《ゆゑ》に深き野太《のぶと》き夕べとなりぬ
乳房のあひだのたにとたれかいふ奈落もはるの香にみちながら
耿々《かうかう》と或る女過ぎ行きにけり蕗の繁りにふる夜の雨

岡井は、追いつめることより、追いつめられることを望む作家ではあるまいか。「短歌

界の最も尖鋭な問題提起者」であり得たのも、十代からかかわりをもつこの詩型に、たえず追いつめられていたからではないかと私は思う。

ある夏、私は会合に出ていた。会はまだ終わらず、会場のにぎわいがかすかに伝わる廊下を、電話をかけるために足ばやに私は歩いていた。その視野に、岡井隆が入った。彼はエレベーターの前で、昇降機の昇ってくるのを待っているようであった。こんなに早く岡井が中座することは稀れであったので、私は思わず「もうお帰りになるの?」と声をかけた。「ええ」「私、今度第一歌集を出すので読んでいただけるとよいのだけれど」。岡井は少し首を傾けて笑うと「いいですよ」と答えた。エレベーターが着いた。彼はまだ笑顔をのこしながら消えていった。昭和四十五年七月。その月にでる予定の私の歌集が、おくれにおくれていた。そして岡井隆は、まさに失踪の前夜だったのである。したがって岡井の失踪は私に大きな打撃をあたえた。あの笑顔と失踪との間の時間的経過はそう長いものではない。その驚きのために私は、その折の岡井の首の傾け方から笑い顔にいたるまでを鮮明に憶えている。その失踪から三年間にわたる不在が、周囲にあたえた影響については所所で書かれ語られ、これからも語りつがれるであろうから、私がしるすまでもないが、その年四十五年夏、佐佐木幸綱が短歌新聞紙上に発表した一連、別離の歌(「月光の坂」)の傷ましさは、岡井へのものであると取沙汰されたり、河野愛子が作品「意志と無明―Dr・Rに」四十八首を制作し岡井の組織と歌からの離脱を悲しみ、話題になった。

その時の打撃にくらべれば、後に九州に飛んでいた岡井を篠弘がおとずれ、キリストのような髭を生やした岡井の写真が角川「短歌」に掲載された時に驚きはなかった。
昭和五十九年、「短歌人」五百号記念特集の中で永田和宏が岡井隆の読者の絞りこみ方についてふれているが、それは岡井の「木曜通信」の頃からはじまっていたのであろう。そしてその頃、岡井はすでに第二の家庭を営んでいたように聞く。そして九州での第三の家庭。その間、岡井の最初の結婚はずっと持続していたのである。私はこの事実に目をむけざるを得ない。

山口智子は、私にとって幻の女流歌人であった。私はどれほど山口の作品を読みたいと思ったことであろうか。しかし、私が歌を作りはじめた頃、山口はすでに作歌活動をやめていた。以来三十年に近い歳月、私はただの一首も山口の歌にふれ得ないできた。それが六十年のはじめ、菱川善夫の『歌の海』の中に、次の一首を見出したのである。

草の上に荒き呼吸をつきゐしが夕べあはあはと肩寄せてゆく　　山口智子

この作品に出会ったことがきっかけとなり、今、私の手許に合同歌集『風媒花』を借りうけることができた。
『歌の海』の中で菱川善夫は他に二首、

今宵また越えざるままに君に会ひよしとぞ思ふ清き言葉は
怒れどもわが身は君を待つ如くその手をとれば心ゆらぐを

を紹介している。そして山口については、「戦争末期に薬専を出、病院に勤務して岡井隆を知った。五味保義、土屋文明に学び、昭和二十六年『未来』に参加」と簡潔にしるされていた。

岡井にとって「禁忌」とは何であったか。集中随所に登場する、

なきがらは五月の闇に沈めども力つくして叛《そむ》きまつりき　『禁忌と好色』
父をわがつまづきとしていくそたびのろひしならむ今ぞうしなふ
夢に父をさげすみ居しを目ざめては、またゆがみつつ考へ流る
くちびるの左右に向けて薄く閉ぢ震ふあたりを口角と呼ぶ　『人生の視える場所』

等の父、岡井みずからが呪縛力としるしているように、岡井の前につねに立ちはだかっていた父ともとれようし、父以外に岡井に大きな影響を与えた人々とも、また、その呪縛の強さにおいては、他に類をみないこの伝承小詩型であるともとれる。あるいは岡井の内部にある風土へのかかわりであるかも知れない。しかし私は、この『禁忌と好色』の中で、最も大きな部分をしめていた「禁忌」とは、岡井の最初の結婚とそのなりゆきではなかったかと考える。

たのしさに介在したる非苦として行きて別れたる坂を思ひつ　『禁忌と好色』

女くだりきたる小さき坂の道顔のきびしさは風のはげしさ

二首目、岡井の作品の中ではきわめて輪郭のはっきりした歌である。方法的自注の中で作者は「家族抄。ここで、あらわれる『女』『別れたる坂』は、四半世紀前の事件にかかわり、それは僕の半生を左右した。この歌集の期間に、ようやくこの事件の一つの『解決』に出会うことになった。言う必要のないことだが『禁忌』の一面をそこに想定できるので、わざと言うのである」としるしている。

中空に禁忌の解けてゆく音を雨かも降ると思《も》ひて仰ぎつ
久しくもわれを縛《しば》りて年へたる禁制ひとつ解けてゐたりき
ふたたびを女を憎むことなかれライラックから言葉を採《と》れば
あたらしき禁忌の生《あ》るる気配していろとりどりの遠き雨傘

『禁忌と好色』

実に実に長い最初の結婚とそのなりゆきではあった。岡井の背景にはつねにそれがあったろうと私には思える。精神医学者アリエティの言葉を借りて、岡井は「創造性開発の必要条件」についてしるしているが、その中の一つとして、「過去の外傷性葛藤を思い出し心のなかで再現してみること」「創造的人間の外傷性・神経性葛藤は、解決されるべきであるが、解決後無視されてはならない」を掲げている。ゆえに解けたる禁忌は脳裡から払拭することなく、さらなる作者への呪縛となってゆくであろう予感を、『禁忌と好色』巻末の一首から感じさせられるのである。

集中、時折画家ココシュカの名がでるが、それは「ドクター・フォーレル」の肖像を描いたあのココシュカであろうか。第一次世界大戦の戦傷を肉体にも精神にもうけて生活の常軌を逸し、「気ちがいのココシュカ」と一時呼ばれたココシュカだとしたら、その画集を枕辺にひきよせて見ている岡井には、感嘆せずにはいられぬ巧みな表現力で包まれたこれらの歌集の作品の陰に、ひっそりと身をひそめ息づいている作者の「狂気」があらねばならぬ。また、今次世界大戦中絵筆をもって狂暴なナチズムと戦ったココシュカのその闘争性は、伝承小詩型短歌の深部との戦いとして岡井がさらにないつづけるものであろうか。

歌壇につねに問題を投げかけ、若手歌人を煽動する岡井は、やはり現代の妖術師であろう。その妖術から抜けて出る若手歌人は、はたしてだれであろうか。

さて、岡井の現代性であるが、次のような作品に目をとめてみよう。


『禁忌と好色』

〈金銭にかかはる春の憂かな〉
参阡《さんぜん》に無限にちかく迫りつつなほわづかある欠落あはれ
仮面こそさびしなつかし胃の重くなるまで金《かね》の話煮つめて
小切手は腹巻きに入れて行った。(この一行はわたしにだけ意味がある)
一冊の手帖に金を積み上げて悲苦は集約されつつしづむ

〈核兵器廃めよとせまる女声あり家裁をいでて歩める吾に〉

まず「参阡《さんぜん》」という数字のしるし方から、小切手を連想させられる。次に金の話を煮つめてゆく行為があり、ついで小切手を（やはり）腹巻に入れて出かける。この腹巻にというのが何とも現実感があり、ここに「参阡《さんぜん》」（おそらく三千万）の重味が出てくる。また、苦さをともなうユーモラスな雰囲気もある。そして「手帖に金を積み上げて」となり、「家裁」という言葉もちらりと出てくる。

その後に、先にも引いた、〈中空に禁忌の解けてゆく音を雨かも降ると思《も》ひて仰ぎつ〉〈久しくもわれを縛《しば》りて年へたる禁制ひとつ解けてゐたりき〉の作品がある。『人生の視える場所』『禁忌と好色』二冊を読み、さらに前掲の「方法的自注」をみれば、岡井を知らない者が読んでも、おおよその察しはつくであろう。ともかく参阡万円をめぐって家裁を間にたてての争いがあり、「禁制ひとつ解けてゐたりき」となった。岡井を個人的に知っている者でなければ、その「禁忌」の重さ、あるいは深さ、岡井の半生を左右した「久しくもわれを縛りて」の意味あいはわからないかも知れない。しかし、知らなければ文学的おもしろさが半減するかといえば、そういったものではないと思う。岡井を個人的に知っているかいないかは、おもしろさの多い少ないではなく、おもしろさの質のちがいだと思う。

では、もう一度この部分を分解してみよう。まず、金銭を、金額に出して歌にする。

「無限にちかく迫りつつ」ということで、この金額のもつ意味を暗示する。それから、いくつかの詞書きと何首かの歌でわからせてゆくのだが、その間《かん》、読者の推理を働かせる余地をのこしておく。読者の参加をさそう。

これはまことに現代的方法である。現代ではクイズ番組にしろ、シンポジウムにしろ、客席と舞台を一体にすること、演じる者に加担させるということが大切で、演出者はそのためにどれだけ苦労していることか。それのみではない。ファッションにしても、シンプルなデザインの中で、何個所か各自の好みをつけ加えてゆく。そのことによって自分もデザインの一端が担える。食べ物でさえそうなのだから驚かされるのであるが、最近では、食糧品が細かく分類され、小わけされ、スライスするものはスライスし、半調理するものはそのようにして、実に多種類の製品が売り出されている。それらの食糧品はパーツ（つまり部品）と呼ばれ、各自が好みにあわせて組み合わせて買ってゆく。パックになったお仕着せはいやだ、しかし、もとから作るには忙しすぎる、または技術不足である。このように現代人のニーズに合わせて、選択し、組み合わせることのできる余地をのこしておく。組み合わせることで各自の個性を発揮する、ということだ。したがって、百人百様に、この物語を組み立てることのできる、この岡井の二冊の歌集は、その方法においては現代の最先端をゆく小池光よりもはるかに現代的といえよう。二冊の歌集は、また表裏一体となって、岡井の一時期を歌いあげている。組み合わせパズルのような組み方だ。この歌集は、「軽やかに」とか、「余裕をもって」とか言われてもいるが、私にはむしろ、『眼底紀行』

からはじまり、いまにいたるまでの岡井の劇的作品群の一つの結実をみた、と思われるのである。

岡井の歌体は、けっして軽快なものではない。岡井の諧謔や風刺も、胃の腑におちこんでゆく生卵のごとき重ったるさをもっている。海面下の波のうねりのようなものだ。そこに魅力がある。しかし、このあたりで岡井への好ききらいがわかれるのかも知れない。ドリアンや、くさやの干物と同じである。その臭味がたまらなく好きか、たまらなくきらいか、ということであろう。

「アグニの神、アグニの神」と言ってパッとコウモリを開く芥川龍之介の、「アグニの神」の妖術師を、ここに再び私は思いうかべるのである。

馬場あき子　今生のこと見えてしまはん

昏れ落ちて秋水黒し父の鉤《はり》もしは奈落を釣るにあらずや

馬場あき子の数ある作品の中から、冒頭になぜこの一首をひくのかということは、書きすすめていくうちに、おいおいわかっていただけると思う。

この昭和初期生まれの歌人の華麗な仕事ぶりは、同世代の女流の中ではもちろん群をぬいているし、その活動の早さからいっても他の追従をゆるさないであろう。昭和三年生まれの馬場は、同二十二年「まひる野」に入会、はじめて歌が活字になるのであるが、それ以前の少女期を、きわめて妄想性の強い現実認識のあいまいな一人っ子として育ったようである。暗い戸棚の中で長い時間を過ごすというような生活は、人間の創造性をかきたてるのにひじょうによい結果をもたらすものであり、自分だけの空間を所有したことのある子どもたちは、後にそのような仕事につくことが多いというデータさえある。昔、科学者が貴族およびそれに似た環境から育まれた時代があったのは、科学（化学）が多くの薬品を扱う関係上、広い敷地と、その敷地に母家から離れて小屋を作る必要があった。その小屋（あるいは屋根裏）が、現実と区別された一人のための空間となり、そこで非日常的な創造力をかきたてられ、実験を行なう上で、大変よい結果をもたらしたものだといわれている。馬場の少女期は、そのような空間の中にしばしばもぐりこむようなものであったらしい。そのような馬場が、第一歌集『早笛』を上梓したのは昭和三十年、二十七歳の時であった。この年齢は、現歌壇の若手の第一歌集にくらべればけっして早いほうではないが、戦後やっと十年を経て神武景気というものが始まったばかりの日本では、歌集出版そのものがなかなか大変なことであった。川口美根子『空に拡がる』が昭和三十七年、稲葉京子『ガラスの檻』が同三十八年に出版され、この世代の中では早いほうであったから、馬場の第一歌集が三十年というのは、当時としては大変に早かったといえる。

春の水みなぎり落つる多摩川に鮒は春ごを生まむとするか
春の水そのしみとほるさやけさよ多摩川の瀬に立ちて呼ばへば
暖かき春の河原の石しきて背中あはせに君と語りぬ
あかあかと輝くものとなりはてて君を思ひき君によりつつ
つと肩を抱きて言はせしことも忘れずその道の隈《くま》に灯はともりゐつ

後に『無限花序』（第三歌集）において大きな展開を遂げ、「橋姫」「イザナミの森」「斎《いつきの》贄《にえ》」などの作品で能や古典から題材をとり典雅にみずからの世界とダブらせて表現している馬場の初期作品が、かくも初々しく、また知的な抒情性に裏づけされていたのかと、特にその相聞歌などにほほえましさをおぼえながら読み進むのは、一人私ばかりではあるまい。

しかしその初々しい作品にまざって左記のような歌のあることに私は心をとめる。

十二匹裂かれし鮒のかがやきに厨は更けて血の匂ふなり

「魚裂く歌」十三首の中で私はこの一首をのみとる。他の十二首は、この一首のための背景である。この作品の中には、後に馬場が歌いこんでゆく闇の部分がその片鱗をみせ、その闇の中で目をみひらいていく馬場の姿がある。結句の「血の匂ふなり」が歌いすぎにならなかったのは、「十二匹」という唐突とまで思えるほどの歌い出しをもつ上句による。『早笛』のあとがきで著者は、「私の歌は、これまでにも『まひる野』の内部においてしばしば、批判の対象になりました。しかも、一面からみれば傲慢に映じたにちがいないまで、私の歌の調子は変らず破綻の多い、稚拙な古くささで押し通してきてしまいました」とするしている。そしてまた、「変革を望んで止まない私」とも書いている。

昭和三十四年に刊行された第二歌集『地下にともる灯』と、第一歌集『早笛』との間には、それほどの差異は感じられない。歌はやさしさをに満ち、自分の周囲の人びとをみつめながらいとおしむ。仕事を持つ女性の日常のたゆたいが底に流れている。

わが微熱君が病ひと等しきやふと黒板に向けば目まひす
本読みて夜更かす吾れを叱らぬは涼しき風に君眠りけむ

「早笛」とは、「能の後シテの登場に使用される笛の旋律であり、その花やかな若々しい意志が重たい舞いの床にひびきわたるのを愛している」と著者があとがきにしるしているように、作歌と並行して、謡・仕舞をよくするこの作者は、『早笛』の中でも、「能の女」を歌っている。増女《ぞうをんな》の面《おもて》のかげり、半蔀《はしとみ》のかげに佇める白き後シテ、泥眼《でいがん》の面《おもて》と御息所《みやすどころ》の執心など、幽玄の世界を美しく表現しているそれらの作品の魅力は魅力として、前出のさりげないとは言いながら、読み手の心中にまで吹き通るような涼しき風の歌いぶり、病む人との静かで深いつながりを、わずかな詩句の中に歌いこんだ表現力に私はひかれた。

魚市の喧噪の中につつましく十円の鰺をみてゐるわれら
トロリとした刺身のサクをじつとみぬつつましくポケットの金をさぐりて

これらは、同世代の歌人たちが一度は通った状態である。好むと好まざるとにかかわらず、幾度、つつましく、何かをまさぐったであろうか。何もかもが破壊された焦土から、自分たちの生き方を見出すまでに、激しい情熱と、つつましい自己凝視が、幾度くりかえされたことであろう。つつましくみているのが鰺であり、つつましくさぐるのがポケットの金であるのは実生活における日常の部分であるが、精神の部分であらたに作り変えなければならなかった自己の思考の部分を、不意にあたえられた自由の名のもとに、どれだけ手さぐりせねばならなかったか。後年、大輪の花を咲かせる馬場も、少女の面影をいまだのこしていたであろうこの時期に、けなげに自立への道をあゆもうとしてゆきつ戻りつした世代の一人であったのだ。

『地下にともる灯』は大きく変動してゆく社会的背景を背負っている。ソ連の人工衛星スプートニク一号の打ちあげは三十二年であり、翌三十三年には米国でも人工衛星が打ちあげられ、英国クリスマス島では核実験が行なわれた。そして三十四年には、安保阻止国民会議第一次統一行動が行なわれている。

原子雲雨となる日か数行の履歴をもちて職もとめゆく
毒草がひそめもつ花みなひらき水爆の雨白く果てなし
ツルバラは散りことごとく雨はれぬ水爆実験終了の記事

歌集にこのような作品がみられ、めまぐるしく変動してゆく世界をみつめながら、馬場は「新しい形式や表現があらゆる芸術のジャンルに澎湃として生まれ又消え去る中にあって、日本の文学の最も古い伝統を承け継ぐ短歌の世界にも、或る種の革命が要求されている現実を直視せざるを得なかった」と考え、「変革」と「変節」、「民衆詩としての短歌」と「現代詩としての短歌」について思いを深くする。そして短歌作品の時代的完成度が、今日を生きる若者の創作意欲を誘発しないことにふれてゆく。

戦いの予感ひそかに引緊る紙面に太くアラブは動く
中国の水エジプトの砂おさまり自我のびがたし小さき日本
微笑なきことばはいかに清からんアジアを埋めよふぶき・地ふぶき

馬場の目が広く世界にむけられはじめたことはたしかであるが、それよりも、この集のあとがきにみる「変革を求めて止まない、その旺んなエネルギーにこそ民衆詩の前途がある」としめくくる著者の「現代詩としての短歌」に対する意識の目ざめの部分に注目したい。

昭和四十四年刊行の『無限花序』は「六〇年安保」の直後からはじまる。四十四年一月十八日には東大安田講堂に全共闘が籠城し、翌十九日に落城している。この第三歌集は、馬場の作家歴の中でもきわめて重要な意味をもつと私には考えられるが、まず、「一九六〇年」という年、つまりこの歌集が出発しはじめた年におこった出来事をあげてみよう。一月十九日、ワシントンで日米安全保障条約調印。五月二十六日、安保阻止国民会議第十六次統一行動、十七万人のデモが国会を包んだ。六月四日、安保阻止第一次実力行使、全国五六〇万人参加。六月十日、ハガチー米大統領秘書来日、羽田デモ。六月十五日、全学連主流派国会突入、樺美智子死亡。そして若き歌人春日井建が歌集『未青年』を刊行する。やがて十月、浅沼社会党委員長が、演説壇上において刺殺され、その衝撃的な写真が新聞に掲載された。
それから一九六八年末まで、ゆれうごく時代を背景にもち、『無限花序』は、「思想なき夏」からはじまる。

砂もゆるま昼間の海走るとき思想なき夏の後頭痛し
組織とも断たれて汝れが刈る草地酷熱の流刑地なりとも書けり

そしてそれはさらに、「ゲルニカの牛」へとつづく。

ゲルニカの牛昏き目をみひらけりデモ隊街にもつ勝利の錯誤
分裂をかけても守るといいし立場もはや退きがたく決意す
ギラギラと草にも手にも陽は反り犠牲死をきく空はただ夏
偶然となして任意に逐われゆく死はまた暗き暴力のなか
基地ふかくひそむジェット機めざめしめ条文簡潔にいえり従属を

安保の傷みが、馬場の中でどのように作用したかは、これら作品でははっきりつかむことができない。しかし、昭和三十一年に結成された「青の会」に参加し、ひきつづき「青年歌人会議」のメンバーとなった馬場が、同世代歌人との交流の中からとりこんでいったものは大きかった。過去二冊の歌集には希薄であった抽象性と芸術性が、この第三歌集にははっきりと現われはじめている。

大きなる木馬はわれに残されて日日重し玩弄の手に余る背な
海の朝日に木馬の四肢は開かれて虹またぐ最も空しき巨大
崩壊に到る幻覚波だちて海より上がりくる木馬あり

そしてこの歌集の芯ともなるべき「オルフェ抄」「橋姫」「斎贄」「イザナミの森」と続くのであるが、「オルフェ抄」にみられる西欧的な表現と詩への接近は、この時期にのみきわだってあらわれた特色であるかも知れぬ。

はんの木の森冷え冷えと萌えそめぬ口づけてうばわんオルフェの歌は
あくがれて裸体のメロス走らしむかの夏空と友情のため
チューリップ聚楽をぬけ会わん日よ陽に壊れいる幻像ひとつ
身のめぐりあるとき燃ゆる唄となりみのり穂かざすオルフェの舞踏
からびたる壺に汲みこむ秋の水オルフェがわれを呼ぶ声はどこ
裂かれたる愛のおわりも見果てつつ朴の木よいまはその葉を落せ

このあとにつづく「霧のスカーフ」「舞歌」にも、絵画的表現と、豊かな色彩がストレートにあらわれてくる。

さて、馬場はこの第三歌集において、方法の展開とともに女の生きる姿勢が「待つ」ことにあるとみきわめ、それを詩的テーマとして作品の基調にするという、歌人にとって、きわめて意味の深い〈時〉を持ったのである。「生きること、すなわち待つことにあり」とも言える表明は、男性の歌人たちの大きな共感を得たことと思われる。「待たれる男」はやはり男性にとって一つの理想像であろうし、戦後強くなったものは靴下と女である、とまでいわれたほどに、女性の社会への進出および、その強さを目前にしていた男性たちは、しかし、そのような現代にあってなお、「日本の女が伝統的に持った姿」が「待つ」という姿勢であり、『待つこと』によってだけ男を超えようとした女の宿業」といわれたことに、ほっと安堵の息をついたことにちがいない。

新しく生きる女として自立の道をあゆみながら、しかし現実はここに帰着しなければならなかった馬場の無念を私は思う。馬場はけっして、「待つ」という姿勢を否定的にうけとめてはいない。「待つこと」によって生まれてくる女の世界を、「橋姫」「イザナミの森」「斎贄」などの作品によって描いたこの歌集は、馬場に一時期の結実をもたらし、大きな収穫をも手にしたのである。また短詩ともよべるこれらのテーマ制作は、六〇年代前半に行なわれた共同制作「ハムレット」、フェスティバル・律における詩劇「青光記」などへの参加が大きく影響していることはたしかである。

これらの作品についての評論めいたことよりも、連作の中の一首一首に心ひかれる作品のあることのほうを、私はより語りたい。

水甕にあふるる空はありながら身ぬちに茂る森をのがれず
眼裏《まなうら》にいまふかぶかと眠る肩いずくに夏の孤独をはこぶ
生まれゆくものの予兆に堪えぬ夜を散り沈みゆく胞子の花は
徒労より覚むれば寒き森の幹びっしりと黒き蝶が息づく
わが背より剝がれて走る影ひとつ膝つけば暗き川音《かわと》やあらん

「イザナミの森」

これらの作品の含む影の部分は、「北の思想」の中の、

背に添える影に踏み入ることなきや水より杳《くら》き累を求めて

とともに、馬場の作品の中にほのみえ、ほのがくれする時の狭間の暗い部分への興味をかりたてる。この歌集最後の一首、

拒否反応もちたるままに冬に入る嘔吐はまさに孤独の思想

の中に、この時期の馬場の、形式に対する戦い、女性としての作家活動への戦いが読みとれる。『彩』（尾崎瑳瑛子、大西民子、北沢郁子、山中智恵子、馬場あき子合著）の友人たちを持ったとはいえ、男性作家たちと伍して活動するその場では、かなり孤独だったのではなかろうかと推察されるのである。「旺んな恣欲が求める『変革』は芸術の命であり変節ではない」と表明し、「私はなおも変革を求めて止まない」と言いきった馬場が、フェ

スティバル・律における形式へのゆさぶりを経て、大きな展開をとげた第三歌集『無限花序』は、その後の著者の活動への確《しか》とした足がかりとなったものである。

『無限花序』がそのようなはっきりした性格をもつものであっても、まだこの段階では、馬場の思想というものは、私にははっきりとはつかみ得なかった。次の『飛花抄』において、〈鬼〉というテーマを選ぶことになり、母の国丹波で平安王朝の圧力に屈したかと思われる秦氏の中で階級転落した後、気骨のある者が山野にまじわってオニとなった、というところから、馬場は、「鬼とは何か」を追求しはじめる。

われのおにおとろえはててかなしけれおんなとなりていとをつむげり
幻の氏《うじ》の秦びと畑打てりしずかに鬼の心崩《く》えたる

この歌集においては、鬼の歌そのものよりも、「鬼とは何か」と問いつめてゆく著者の発想が魅力的だ。作品としては、

鳥脳《とりなずき》裂く一丁に砥ぎいだす夏空ぞしんかんたるしじま
かみそりの刃などしずみているコップふと甦える人に会うとき
歩めるはわれの虚像かこと謀る野におくれつつ浴びいる落暉
挫折とは多く苦しきおとこ道父見えて小さき魚釣りている

等にひかれる。

『桜花伝承』にいたって、かすかながら、馬場はその負の部分を歌いはじめたようにみえる。

言い負けてうたた夕暮れ深むとき冬の底より上る星あり
植えざれば耕さざれば生まざれば見つくすのみの命もつなり
昏れ落ちて秋水黒し父の鉤《はり》もしは奈落を釣るにあらずや
一尾上らず月輪みてりみつむれば流るるのみのわれの河水譜
累年を何釣りてきし父と子ぞ見えざる糸の引く地獄みゆ

＊

歯黒めのくらき小道具牡丹雪一期《いちご》なりにし母が嘘みゆ
逐われつつ歩めばわれに先立てる影はまさりて春のさびしさ
駆けぬけてかたわらゆきしいちにんをいつの刺客と知りて遇せん

＊

われにいかなる齢《よわい》か来つるゆくりなく雁の来る空ことし見にけり
たそがれのごときことばをつぶやけば母より昏れてゆく夏の家

それまでの馬場の作品は、つねに顔をあげて歌っているものであった。先頭きって走る様相をもち、時には他を啓蒙する要素さえもっていた。それが『桜花伝承』にいたると、つぶやきに似た作品がみられはじめる。

花散りて実をもつ前の木は暗し目つむれば天にとどく闇ある
花柘榴すばやき夏を咲くものをまこと万策つきて病むなり

それと同時に、吉野の花をたずね、〈桜〉が作者の内部でいかなるものであったかを確認し、〈桜〉のもつイメージが、戦争をはっきりと思いおこさせ、その惨とした桜の記憶、著者の半生を、「何代にもわたって、はるかに溯ることのできる女の記憶のふしぎさ」という形でうたいこんでいる。ここにも、古代から現代にいたるまでの女の中に伝えられてきているものを、己れをとおしながら、普遍性をもって歌ってゆく馬場の歌いぶりがうかがわれる。

さくら花幾春かけて老いゆかん身に水流の音ひびくなり
あかるくて散る幻を花とみし君なりしふいに春の終章
すぎてなおはろけき死者となりゆかん巷に花は咲きそろいつつ

『雪鬼華麗』は六冊目の歌集である。ここには日常を歌ったものによい作品がある。

明日われに何がめぐるとしらねども播かざりしゆえ花種しまう
花多くうたわんとしてうたいえぬ春のよわいのさびれゆくかな
負けまじき本因坊の長考の寂莫の時ある夜身に満つ

打ち上げて伝うる大事なども なし淡き煙となりゆく花火

歌いぶりは柔らかく、ある静もりをもちはじめた。その中で時に、

鎮まりし狂気ののちを釣るというたとえば永劫の時間のごとき

さざれ水おとりの鮎の暗き箱罪がましくも夏は逝くなり

翳りつつ雪の中より釣られくる魚あり水底の国も暗しや

のような、瞬間かいまみる暗さ、闇の世界との境をうたったようなものが点在する。私の最も興味をひくものがここにある。それと同時にこの歌集で目をひくものに、志を歌った作品がみられることである。馬場の歌集のあとがきは、一冊ごとにきわめて明快な歌の背景がしるされてあり、馬場の決意や志は多くその散文の中にみられるのであるが、『雪鬼華麗』集中においては、

立ち枯れて冬に入る日のかや・すすき・こころざしさえ時雨れゆくなり

羽壊《はこ》え、羽壊え、風に鳥啼く空の色わが遂げざりしものの遠音か

ほうせんか夕日に透きて太きかな一念の意志みゆるは清く

というように、まだ遂げざりしものへの思い、これから至ろうとする事へのさらなる決意がうかがえるような作品をみる。

この集のあとがきで興味をひかれるのは、「美的であることと、華麗であることとはちがうであろう」という個所である。馬場のうたった鬼が、美的ではないが華麗とよぶ哀しみにふさわしいかもしれない、と言っていることである。昭和も五十一年から五十三年の間、華麗な心熱やバイタリティなどはなくなってきはじめた頃、馬場の作風も静かな変化をみせはじめている。

さて、鬼、鬼の研究、能における鬼、女心の鬼の部分、山野に散った秦氏の末裔など、馬場と鬼とのかかわりは深いが、はたして馬場は鬼を内包したのであろうか。そうは思えない。馬場は、鬼と交信できうる里人の位置を、ついには出なかったのではないか。馬場はむしろ、その知性で鬼を理解し、情で鬼を愛おしみ、女心の情念の部分に入りこむ鬼や狂気を己がものとしてとらえず、伝統の中の女の部分として、普遍的にとりこんでいったのではないかと思われる。走りつづけた馬場の歌人として長い時間の中で、ついに知性（理性）が、情念を上まわったということをこの『雪鬼華麗』の途中で、作者みずから、思いいたったのではないであろうか。この集の中にみられる静の部分は、そのまま『ふぶき浜』にひきつがれ、馬場は、はじめて停止した姿を、読者の前にみせたのである。「停止」とは、「沈黙」という意味ではない。しばし立ちどまり、目を近くに移すということである。

遠きもの霞みてみえぬ春なればおぼろに置かんわれの思いも

わが生《しよう》やこのほかに道なかりしか　なかりけんされどふいに虹たつ
一身をのがるるごとく生きて来し不実ぞ顕つや夏雲の湧く
すすき咲く下り旅こそ涼しきに執心のごときわが齢あり
水流の激しき音の止まざるがそこ夏の夜の退路ならずや
逃がれ得ねば冬日に対きて目を閉ざす囚われのごときわが机辺かな
一すじの思いにひかれ堕つるごとぜひなき生《しよう》の冬を釣るなり

馬場あき子は、およそ前方をのみみつめて歌う歌人ではなかったか。この作者から逡巡のそぶりはあまりみられなかった。はるか前方に歌うべきこと、行なうべき事柄をおいていた。『ふぶき浜』における静かな逡巡は、「自分が五十歳という重たい年齢に入ったことを意識しはじめていた」からだけではあるまい。

秋の色ここにきわまり曼珠沙華わが身力《しんりき》も昏みそめたる
冬深しまだ冬深し寒椿盃のごと手に受けており
捨て船と捨て船結ぶもがり縄この世ふぶけば荒寥の砂

『ふぶき浜』の中で、馬場が「老い」と言葉に出しても、現実の作者と「老い」の間にはまだかなりの時間と距離がある。むしろ、「老い」を、どのあたりから受け入れることになろうかという、ゆとりある休止符をこそ、この集よりうけとめた。

そして、馬場の第八歌集『晩花』の冒頭に、

来し方も無念無想のさびしさとなりて吹き飛ぶ鷗ありたり

の一首をみるにいたって、作者ふたたびの静かな歩み出しと覚悟を読みとることになるのである。『無限花序』における大きな展開とはまた別の意味で、私は『ふぶき浜』に、静かな、しかし深い展開をみる。

水低く鳴き渡る鴨力あり明日ならず今日ならぬ闇のはざまに

やや久しく水にその首さし入れて水底の闇みる鳥のいる

『ふぶき浜』において右のように闇をうたっている馬場は、他の歌集の中でも、やはりそれに似た歌い方をしている。馬場は、華やぎを歌う時には、その身を影におき、闇をうたうときにはその身を明におく。そこに知が働き、己が姿は、歌おうとするものの影に入る。ちょうど揚幕をかかげて舞台をみるような形である。幕一つで、虚の舞台と、現実そのものの楽屋裏とにわかれるのであるが、揚幕をかかげる人の姿をみているつもりが、いつか華やかな舞台へといざなわれてしまうという、その境目の魅力が馬場の作品にはあふれているのである。また、華やかに舞台で舞っているその人をみているつもりが、いつか、舞の内容である闇の話の中にひきずりこまれてしまうという、そのような変化は、馬場の独自性であるとともに、一方において、馬場の思想をとらえがたくもしているといえよう。

はたして馬場が、今後、明において明を、闇において闇を歌うかどうかはわからないが、かいま見る以上の闇をみせてほしい。その凄なる部分をとねがうのは読者の欲ばりであろうか。

月日経て苦しきものは積るらし瘤ある林檎樹花散らしをり
冬つひにきはまりゆくをみてゐたり木々は痛みをいはぬものにて
来し方をいへばいふなといふ声のこの世さびしも白梅の花

『晩花』の中でこのように歌っている馬場である。

巧言令色かなしくなりて聞きてゐる春の耳なる黄のチューリップ
人憎しおのれいとしと更けてゆく夜の底《そこひ》に人形眠る
夏のいのち苦しきものぞたたなはる身を解《と》きしとき蛇は光れり
曖昧となりゆく決意みつめつつサルビアも散り秋の蛾も死ぬ

『晩花』には、揚幕も、舞台との区別もない。

これ以上明るくなるな冬紅葉今生のこと見えてしまはん

馬場もまた、見えすぎる目を持ってしまった苦悩を人知れず抱えている歌人《うたびと》なのかもしれない。

短歌作品の時代的完成度が、今日を生きる若者の創作意欲を誘発しないことにふれていた馬場・岩田正の「かりん」は、今や若い歌人たちで溢れている。「民衆詩としての短歌」「現代詩としての短歌」を、このグループがどのように発展させてゆくか。馬場の遂げねばならぬ志はさらにふくらんでゆくことであろう。

解　題

村田　馨

『未明の街』

現代詩工房。一九七〇年十月一日発行。四六判上製カバー装。一頁三首組。一七二ページ。装画・司修（主体美術）。一九五五年から一九六九年までの四〇六首を収録。

「音楽に軽音楽があるように、短歌にも軽短歌があってもいい」。

筒井富栄《つついとみえ》の短歌の出発点はここにある。『未明の街』の収録作品が作られた昭和三十年代から四十年代初頭は、日本が高度成長時代を迎え、国民全体が経済的に豊かになってゆく時期にあたる。鉄鋼、造船など重厚長大産業がもてはやされ、歌壇では前衛短歌が席巻していた時代である。筒井の提唱した「軽短歌」は、そんな「重き時代」への抵抗であった。口語現代仮名。五句三十一音の韻律をゆるやかに守りながら、のびのびと自在に言葉を操った。

雲のない背景　垂直　鉄梯子　のぼりつめたる生命《いのち》　芥子色

誰か詩を。言葉もたないシャンソニエ扉のそとで一人ねてます

烏竜茶いれればその季はじまってどの家の窓もひらかれていた

空は暗い　非常梯子によりかかりオカリナ吹きのうたはあしたへ

すべて後手　光の夜を押しわけて低く自分に唄をきかせる

同時に、戦争の暗い影を思い起こさせる時代でもあった。昭和五年（一九三〇年）生まれ。青春期を戦時下で過ごした筒井は、戦中およびその戦後の混乱に対しての憤りや失意を以下のような作品で綴った。

戦いはすでに叙事詩にきざまれて銃眼は風の細い通路か

われら裡に暗き街もつ戦いの終りし日よりネガの如くに

弾痕を左胛にとどめ地下街におちてくるもの仮面舞踏会《マスカラド》の夜

あわせて学生運動で世間が揺れていた時代にもつながる。筒井自身は思想に関わることはなかったが、周囲にはそのような若者も少なくなかっただろう。果たして彼らをどう捉

え、どう表現したかったのか。

君たちはあかつきにむかい駈けてゆく　いや夜明けなどないとしりつつ

挫折などなかった過去の日のごとしわれら今　風に響りながらたつ

『未明の街』には仲間、特に同世代の歌友をテーマにした歌も多く含まれる。この連帯意識の強さは、のちに評論集『十人の歌人たち　同時代作家論』の執筆へとつながっていく。

風にむかいわれら冬野にたつときにはためいていた　幻の旗

不意に手をつなぐビル街午前零時白鳥座カシオペアともに異常なし

若者の群がつっきるこの街にふみにじられた昨夜の詩論

われら待つ　うすむらさきの終電車幻影都市に今すべりこむ

一方、筒井の年譜を振り返ると、この時期は脊椎カリエスの療養、結婚、出産と人生の転機を迎えていたのに、おどろくほどそれらの私生活を素材とした歌が少ない。ただ、子どもを詠った作品がいくつか見られる。正確には「子どもへの歌」であり、子どもを自分と同じ一人前の対象物として捉えているところに筒井作品の特徴がある。

ママ　なぁに　ママ　気泡の如き会話する　君小さくて小さくて　夏

墜ちるなよ　やや傾いて輪を描く　未明　わたしのなかのとりたち

はばたいて彼らは巣立つおそらくは一塊の雲のもえるあしたを
ひっそりとお前は話しかけてくる二羽の小鳥のねむるあいまに

四首目の「お前」は筒井自身の詩心である。二人の子、夫、舅、姑、義弟との七人家族での暮らしは多忙を極めたが、その日常は歌わなかった。筒井は「そういう現実から、その現実をバネにして私の歌は生まれてゆく。世界は私の内側にあり、それはそれで活発に動いていた」（『自解100歌選　筒井富栄集』）と書いている。

『未明の街』が出版されたのは、のちに時代の要求に呼応するかのように登場した〈ライトバース〉からさかのぼること二十年。〈ライトバース〉の先駆けと言われた村木道彦の『天唇』よりも五年前のことである。ちなみに、この年の現代歌人協会賞は佐佐木幸綱の『群黎』であった。

『森ざわめくは』

短歌新聞社。一九七八年十二月一日発行。A5判上製カバー装。一頁四首組。一七六ページ。装幀・著者。一九七一年から一九七八年までの五四二首を収録。

作者が四十代の頃の作品。夫を愛し、家庭を守り、子を育てという家庭環境は世間の女性と変わりはないが、『未明の街』と同様にこれらの私生活をそのまま描写することはなく、「リアリティを持った幻想界であり、仮想界であり、心象界」（序・加藤克巳）を口語定型で紡ぎあげる。

作者の好きな季節、夏を詠った歌から引用する。

八月の切子硝子の反射面そのおのおのの夏そがれたる

黒い椅子　刑徒のごときペルシャ猫　しなやかな死のかげりの晩夏

かすみあみにかかる鳥さえおそらくは恍惚とつばさゆだねるか　初夏

わが視野のとおい地点をかげらせて静かにすぎるある夏の日は

執拗に幻影を食べ生きつづけやせてゆく夏の見えざる輪

第一歌集に見られた、はじけるような勢い、はつらつさ、あるいは甘美なメルヘンからは一歩踏み出した知覚や情景を歌っている。特に、五首目に見られるような非日常的かつ抽象的な表現は、必ずしも読者には届かず「リアリティに欠ける」と評されることもあった。しかし、筒井はこの表現にこだわった。「生命の存在のある作品を作りたかった」（『自解100歌選　筒井富栄集』）ときっぱり断言している。

『森ざわめくは』には二人の挽歌が収められている。ひとりは三島由紀夫である。

ひょうひょうと垂れ幕だけがうたいつぐ　晴　この日より冬
墜ちた鳥頸部ひじょうに細長く冬　真昼　そしてかわく遠景
華討たせた　ごとく落ちて　束の間の　迫　鮮紅のガラス壁面
街は葬送のためには暮れず　雲のむこう　かの豊饒の海へひろがる

年譜に記載のとおり、『未明の街』の出版記念会の日、会場のごく近くの自衛隊市ヶ谷駐屯地で三島が自決した。その衝撃はいかばかりのものであったか。

いま一人は作者の父、筒井俊正である。寺田寅彦門下の物理学者であった父俊正の部屋は文学や芸術の蔵書もあり、筒井富栄も間接的に影響を受けたという。また、新婚旅行には樺太へスキーに行き、クリスチャンでもないのにお正月よりもクリスマスを盛大に祝うという洒脱でモダンな一面もあったらしい。

北斜面　風の反転　一本の樹がただよわす終りの香気
父は光　麦の道天へとつづき揺籃の中に燃える夏花
冬の芯　王の意識をもつ樹木　回帰なく刻はきざまれている
還りゆく人は地表を風となり掃くごとく淡く吹きすぎゆくか

四首目には、作者による復活の思想、希望が込められている。宗教としての復活ではなく、かの地でまた逢いたい、迎えたいという願いのあらわれである。

「ママン」の一連にも注目したい。

ねえ　ママン　鳥はとびたつ　なぜ鳥はうたれるためにとびたってゆく
郵便夫バラ垣の家をゆきすぎて僕たちに今日も合図はこない
あの人は行ってしまった　だがママン　僕はこうして野に立っている
風の中で手をつないでる僕はねえ何をママンにしてあげられる？
僕たちは今生きている　だが明日も　よりそって野に立てるのかしら

十首連作で、子どもが母親に問いかける形式をとってはいるが、実際は作者の内部で行われた、作者自身の二役の会話である。大人が子どもの言葉を借りてしゃべっているだけである。それは、童話やファンタジーが子どもに向けて書かれている体裁をとりつつ、本当は大人のために書かれているのと同じことである。

都会に住む筒井には都会を美しく詠う作品がふさわしい。

鉄骨は午後をゆっくりたおれこみ街のシラノがまたひとり死ぬ
中枢に白鳥を深くねむらせて都市あけきらぬ二月《きさらぎ》なかば
地下街の輝く果実地上にはおそらく雪がふりつんでいる

首都に立つわれら鎮魂のうたもなく夏の砂塵をあびたるままに

ローズシャトウ淡紅色に何がもえひそかに何がひろがり沈む

一首目の「シラノ」は戯曲「シラノ・ド・ベルジュラック」の主人公のこと。五首目は極めて漠とした光景であるが、「都市のどこかで、何かがもえている。たえずひそやかに。そして気づかれぬうちに野火のように拡がってゆく」（『自解100歌選　筒井富栄集』）と書いているように、具体は明示しないものの、都市の無気味さを詠っていることは間違いない。

その一方で、村が描かれる作品も魅力的だ。

ぐみの実のしなうほどなるあの村は春がすみすべてが白かった

鳶色の灯が点々とつく村をゆきすぎるときの馬具の匂いよ

収穫も刈りとるもののあればこそなおも日照りの無人村落

あきびんにワインみたしてゆくごとく残照はある村の一隅

耳底に蹄鉄を打つ音ひとつ射こまれしまま村を立ち去る

これらの「村」は、みな作者の心象の中での風景であり、第三歌集『冬のダ・ヴィンチ』を構成する上での重要な橋渡しとなってゆく。

また小中英之は、

さかさまに沼におちこむ風景ももだえつつ雲ゆきすぎる
夕靄はチェロのひびきに似て重く煮えたぎるもの大鍋の魚
眼底の夜をひそかにつもる雪わが夏苦し百羅漢顕つ

といった作品から「発想の起点に内在的危機感があるからであろう。」と指摘し、「美しく軽ろやかに歌うことは、そういった危機感からくる自虐の叫びであったのかもしれない。」と評している。加えて『森ざわめくは』にみられる表現の傾向を、昭和前期の「新芸術派短歌運動」からの線上で検討すると、いっそうおもしろいであろうと記した（「短歌現代」一九七九年九月号）。

本歌集のタイトルとなった一首は、

管楽器のいっせいに響る音に似て森ざわめくはわが待たるる日

である。この「森」も前述した「村」と同様、心象風景としての「森」であり、作者の創作欲の象徴として捉えてよいだろう。

『冬のダ・ヴィンチ』

雁書館。一九八六年九月二十日発行。四六判上製カバー装。一頁三首組。一三四ページ。

装幀・小紋潤。三三一首を収録。

同時期に執筆された評論集『十人の歌人たち　同時代作家論』と呼応して出版され、筒井富栄の到達点のひとつとして評価される。

『冬のダ・ヴィンチ』というタイトルから、いやおうなく、読者は作者が稀代の傑物であるレオナルド・ダ・ヴィンチをどのように捉え、レオナルド・ダ・ヴィンチとどのように対峙するのかを探ろうとするのだが、そもそもその出発点が作者の意図とずれているのである。集中の「冬のダ・ヴィンチ」という一連はわずかに七首である。

フィレンツェの青年の群れをみるようにあでやかにいま夕陽落ちゆく
サライその伏せた目の位置に鴨のいてともに淋しく陽ざしあびいつ
ヴェネチアの水にうつりし影砕け追いゆくものはつねにのがれき
雪降らばわが窓下をゆきすぎるダ・ヴィンチとその男弟子たち

しかも、このダ・ヴィンチを「偉大なる天才である前に父の部屋の住人のようなものであった」「わが茶の間に招じ入れたような思い」とし、「ダ・ヴィンチの存在の大きさを、殊更感じない」「この歌集の主役は、ダ・ヴィンチそのものではない」（『自解100歌選　筒井富栄集』）と断言するのである。では、本歌集の主題はどこにあるのか。その答えのひとつは、「村」という一連とそれに伴う「薄明の時間の推移」にある。

村　しかしかなり大きなガラス壁面と空間のある建物をもつ
東　はるか遠方に真一文字の海
西　荒涼たる瓦礫の果のない赤い土地
南　樹木と樹木の葉ずれの中に鳥は巣をかけているはずだ
北　地平線にはいつも雲　空の上と下とにあの山はある

一連の冒頭に破調の数首を置き、舞台設定を行う。そして、

旅行者は街道を東よりやって来て道標に低く陽がさしている
北からは冷気を束にした風が吹きすぎてゆき多くが死んだ
山裾から山頂にかけて夜を通し灯がうごく鮮明にもえている
子も母もたちまち淡き影となり舟ゆるやかに漕ぎ出だされる
誰が吹く　短調を吹く　いつか秋　さんさんと村に陽光は降る

旅行者が「村」に入って来て、通りすぎるまでの「村」との関わりを描写する。旅行者の感じる気配はやがて恐怖となってゆく。村は旅行者の存在とは関係なく、時間が流れる。ひとつの物語である。

引き続いての「薄明の時間の推移」は三十五首の連作である。

穀物倉に袋の量《かさ》がふえてゆき朱花咲きのこる村の広場よ

冒頭の一首は、やはり村であり、刈り入れ時の様子を幕開けとしている。「劇作家を希望していた私には、短歌も創作活動として捉えたい欲望があった。（中略）もともと、『私』を捉えることより、人間そのものに興味を抱いていたので、シナリオのように歌を作ることは無理な歌い方ではなかった。」（『自解100歌選　筒井富栄集』）という筒井には、私性をどう切り離して詠うか問題であった。

夏の陽を吸いつくしいま薄明の世界に入るか彼らみな

酒倉のドアのひとつに紛れこむ　船に待たれているとも知らず

出帆とはあまりに暗い枯葉月地下水面にどこからか風

くわしくは影とよぶべきほど淡く船上に見知らぬ顔のひしめく

「酒倉」という幻想世界の入口を通り、いつしか読者は船の上に乗っている。

いく日もいく夜も船は舟唄をうたうことなく漂い下る

とびすさる鹿らしきもの水際に永遠につづく波紋のこせり

戦火よりのがれてさらに飢餓に入る村あり薄日さしこむ中の

いましがたごく少量の血を吐きし男右肺に弾痕をもつ
凄惨に青火がもえる左岸みゆ海の墓所とは誰がささやく
思えばわれら過去戦いの中にいて激しく刻をきざみてきたる
真昼とは別れて長い船旅にいま薄明の時間の推移

船とは国家であり、乗客は国民である。国民の選んだ船頭に従うまま、船は戦火のなかを進んでいった。作者は、あからさまに社会詠の形式をとらず、戦争を体験した一市民として警鐘を鳴らしている。『冬のダ・ヴィンチ』が出版された時は戦後四十年が経過していた。まだ、このように戦争を語れる世代が多く残っていたことを改めて振りかえりたい。

あの頃はゆっくりと刻が過ぎていたやさしさに満ちた夏の風景
いずこよりきたる報《しら》せか鞄から紙片とり出す男のありて
玉ねぎの皮むくごとくつぎつぎとむき散らかされてゆく一家族
寝台にくぼみをのこし連れ去られそのまま消えてゆきしひとびと
処刑地でありしこの地の一角に吹きよせられて咲くうまごやし

「薄明の時間の推移」の次に配された「風景」と題したこれらの一連を、小中英之は「現代社会における〈私〉の存在の照り翳り」「恐怖の時代の光景」「〈私〉の状況を、日常些末事から歌うよりは、芸術的にということを考えて選び取った方法」と評した。筒井の狙いを掬い取っての評である。

一方、小池光は『冬のダ・ヴィンチ』を詩集と評し「まず詩を書き（中略）あたかも短歌の如きたたずまいに仕立てた。いわば筒井富栄のいたずら心である。しかし、このいたずら心はきわめて刺激的である。」と述べた。

街にはエトランゼが溢れ淋しい風が　吹いていた
まみれるほどの血もない人々よ　風はただ中天にある
降りてゆきたい　水をみるために　この渇きの夏よ！

これらの作品をあたかも現代詩に見えるように改行した上で「『短歌とはなにか』という問いに対して『それはもっぱら行分けのもんだいだ』という答えが返している」「語を、組み変えて、ある一定量の長さに配置しなおすとたちまち短歌になる。短歌がそれほどあっけない根拠の上になり立ち得るものなら『歌人』とは一体何だということになってしまう。」と短歌の根源的な問題を突きつけた（「個性」一九八七年三月号）。これに対する明確な解答は見つけられておらず、現在にいたるまで各人がそれぞれ作品を提示しながら模索していると言っていい。

すぎてゆくわが眼底の歳月のかの対岸に火事のみえた日
『冬のダ・ヴィンチ』の掉尾の一首は切り離して配置されている。西田玻真路は筒井を「師の歌風を倣ったのではなく、師の挺身に倣ったのであろう。つまり、加藤克巳という作家に殉じていると見たい」と評し、『冬のダ・ヴィンチ』について「君にこの共感はないか?と問いかけ、返事を待たずに歩きだしている。―まさに冬の彷徨〈旅といってよい〉に敢えて身を入れる姿を映発させて」と述べた。筒井富栄は常に時代の孤独な先駆者であったのだ。

『風の構図』

砂子屋書房。一九九八年八月二十一日発行。A5判上製カバー装。一頁三首組。二一六ページ。装幀・倉本修。四七七首を収録。

筒井にとって生前最後の歌集である。

評論集『加藤克巳の歌』を出版してまもなく、筒井はパーキンソン病に冒される。パーキンソン病は進行性の神経の疾患で、初期には動きが鈍くなる、バランスが保てないという症状が見られ、やがて歩けなくなり、立てなくなり、書けなくなる。その後、会話や嚥下も困難になり、寝たきりの状態へと至る。あとがきに「歩けるもののすべてを羨しいと思っていた間はおそらく不幸だったのだろう。（中略）生きている実感と、歌への熱意が甦って歌集をまとめる気になった」とある通り、『風の構図』は病気と折りあいをつけながら、かつ徐々に身体機能が衰える自分を眺めつつも、これまでの〈筒井らしさ〉を失わないでまとめた一冊である。

夏の午後ひとりの丘と思いしに風をともなう青年とあう

冒頭の一首は他と切り離されて置かれている。若々しく、清々しい作品である。これまでの筒井作品と同様、心象風景と考えたいが、何かの思い出を振りかえったようにも感じられる。この青年とは誰のことかと以前尋ねたことがあったが、ただ笑みを浮かべるだけであったことが記憶に残っている。筒井にとっても忘れがたい一首のようで、一九九二年に近代詩文書作家協会創立二十周年記念の企画として催された「現代の短歌と書の世界」で、書家の田坂知夏、溝口桂園の両氏によって揮毫され、そのうち溝口氏の作品は額装されて現在も我が家の壁に掛けられている。

むかい風さけるしぐさがいつよりか身につきそめて九段坂下
鳩があゆみ人間がゆき猫がいる歩けるものはみな羨しい

医学とはここまでのことかと思いつつ雨の歩道に一歩ふみ出す

まだ筒井が歩けた頃。それは元の自分に戻りたいという願望があった頃でもある。一首目、筒井作品にしては珍しく具体的な地名が含まれているが、いちばん最初に通院・入院した九段坂病院への道すがらである。

病が進行し、家に滞在して動かない時間が増えると、屋内の姿が多くなる。

休息の刻と思いて真白なベッドに昼の身をよこたえる

生涯をともにすごすかこの椅子と白露の朝にさわさわと着く

ありあまる時間の中に溺れつつどこまで流れゆくかと思う

とはいえ、心のなかでは旅人となる作者。これまでの筒井の世界と変わらぬ歌を見て安堵する歌友も多かった。師、加藤克巳は栞で以下の歌を引いて「詩の世界を結びあげる」「日常の詩幻邂逅」と評した。

見知らぬ街は地下水道を抱《かか》えいて深夜時間を海へと運ぶ

幻の街にさまよい出たらしく十九世紀の馬車がゆき交う

丘陵は冬をさびしき上り坂　寒鰤を積む荷車がゆく

幾たびもねむり幾たびも起きる　そして雪

一方で、別れを意識した歌も詩的抒情に溢れる。

行ってしまった　そのあとの静かさ　まったく静かだ
さようなら、とつぶやいてみる　意外に淋しくもなく
去られるも淋しきがまた去ることもかくさびしくて再び驟雨
さらば海さらば輝くものたちへ冬の砂丘をひとりでくだる

日常生活に支障が生じ始めると、いろいろなものを失ってゆく。短歌とともに長く続けてきた染色工芸もそのひとつである。短歌の世界でもやりたかったこと、書きたかったことを断念してゆく。それらを受け入れる気持ちが歌になってゆく。諦念、とは異なる豊かな感情で現実とまむかっていたのではないだろうか。

また、肉体的な衰えはどうしても死を意識せざるを得ない。この境遇をどう表現したか。

空が晴れていて波が高くて　死ぬには最高の日だと　あなたは言う
死ののちを語る青年うっすらとてのひらに吹く汗をぬぐえり
まざまざと河野愛子があらわれて死後の世界を語る明け方
死はさほど近くにあらずされどここ北の斜面に枝垂るる木よ

これまでに筒井が死を意識したのは、甲府の大空襲で幼い弟の手を引いて焼夷弾のなか

を逃げまどったときと、脊椎カリエスに罹り、コルセットを嵌めたまま、二年間ベッドの上で過ごしたときの二回である。「どんなことも、天のノートに書かれている」と言うのが口ぐせの筒井だったが、無闇に楽観や達観をしていた訳ではない。運命に抗うことはできないと分かったうえで、与えられた状況の下で精一杯できることをする。これが信条であった。近づきつつある「死」に対しても、同じように思い、詠った。死後の世界も、ファンタジーのひとつであるかのように。『森ざわめくは』の項で書いた「復活の思想、希望」が『風の構図』のときにも生きていたのではないかと考える。

『風の構図』は一九九九年の第七回ながらみ現代短歌賞の候補にノミネートされた。以下、選考座談会から選考委員のコメントを拾ってみる。

かつてここにコーヒーが煮立ち花が咲きわたくしがいてしあわせだった

胸いっぱいにミモザを抱え街をゆくこの淋しさは淋しさとして

石川不二子はこれらの歌に触れ、幸せと不幸せ、さびしけれど華やかといった対比のある歌が面白かったと述べた。

腰をおろすともう立つのがいやでわたしはやがて蔦におおわれる

ある夜死者はこの上もなきやさしさでオオボエを吹く風のあい間に

大島史洋はこれらを引き、詩的にはかなり広がりの深い歌集と評した。

また、永田和宏は、

目があえばそらすものかとかまえつつ集団の中のひとりをみつむ

かけぬけし風は戻ってこぬものを　待つ　一生をかけてでも待つ

から筒井の強い意思力を感じ取り、病気にも関わらず暗いイメージを与えないと述べた。

一方、

せめて手を伸ばした位置にいてほしい影絵のようなあなたにしても

のように、せつなく庇ってくれるような存在を求めている点を見て「強いところだけじゃなく、弱いところもあって、弱いところを含みながら、ある種の強さがある」と評した。

さらに、

しばらく海にゆかずにいるが海はまだゆったりとそこにあるのだろうか

を引いて、集中の大きなモチーフとなっている風だけではなく、海に対する思いの強さに注目し、筒井にとっては風も海もどちらも自分を包み込んでいる、不思議な謎をたたえた存在と捉えた点に興味を示した。

最後に、『風の構図』の象徴ともいえる「風」の歌をいくつか引用しておきたい。

わが旅もここまでは来た目の下にただ風の吹く草原がある
われにうた　きみに五月のライラック　はげしき風の中に立ちいて
蜜を含んだ風がかすかに吹きすぎる蝶が生れているのであろう
つっ切れば野に風は立ち地平にてカンパネルラの灯《あかり》がゆれる
揺れやまぬ雑木林の風の道よりそいゆけば今日の落日
抱かれる風のやさしさ生きることふともやめたき夕景がある
うたのメモ千切り散らせし夕景の風よ再び戻ってこぬか

『風の構図』以降

『風の構図』を出版してから、筒井が他界するまで約二年の歳月があった。その間、筒井は歌誌「個性」に出詠するのみならず、総合誌からの依頼にも応えて短歌作品やエッセイ、書評などを執筆していた。すでに筒井は自筆で原稿を書くことができなかったので、口述した内容を父が代筆し、その写しを出版社に送っていた。几帳面な父は原稿を時系列できちんと保管していたので、『風の構図』以降の作品をまとめるのは大変楽であった。未刊歌篇としてこれらの歌を逆年体に編んだ。最後の作品は「短歌往来」二〇〇〇年四月号の七首である。

初期歌篇

初期歌篇として、『未明の街』の前に堀江典子と池永洋子の三人で刊行した合同歌集『原始』の筒井作品百首「銀河」を収録する。一九五九年の刊行ということで、筒井が二十代の作品となる。年譜にあるように、筒井は脊椎カリエスで長く伏せっており、その療養途中に短歌と出会ってから三年間の作品である。

「苦悩さえもが甘い哀しさをともなって感じられる時期がある。人生のそんな或る季節を思いきり歌いたかった。」と前書きにあるように、はじけるような若さのなかに翳りが見られることもある。また、加藤克巳門下としてモダニズムの系譜を継いでおり、五七五七七をゆるくまもりつつ、韻律を自由に駆使している。この作風は『原始』から約五十年間変わることはなかった。

なお、第一歌集『未明の街』には『原始』で発表された作品も収録されている。

歌人論

筒井は一時期、歌作以上に評論に力を置いていた。『十人の歌人たち　同時代作家論』（一九八五年十二月二十四日　雁書館刊）はその集大成である。「敗戦後の日本を背景に歌への出発をした世代の中に自分自身も存在し、今日まで歩いてきたことへの確認を、私はこの一冊の中に見出し、また形として残しておきたいと思った」。あとがきにあるように、筒井の世代に大きく影を落した戦争そして敗戦を、同世代がどう受け止めてきたかを中心に論じたものである。同書で取り上げているのは筒井と交流の深かった女性五人（馬場あき子、川口美根子、稲葉京子、石川恭子、雨宮雅子）と、歌人として気になる男性五人（岡井隆、篠弘、島田修二、小中英之、小池光）の全十名で、本書ではその中から小池光、岡井隆、馬場あき子の論を抄出した。

年譜

昭和五年（一九三〇年）

六月二十二日、現在の東京都豊島区東池袋に生まれる。（父筒井俊正、母千栄の長女。

昭和十二年（一九三七年）

豊島師範付属小学校に入学。四年下に脚本家の倉本聰が居る。

昭和十八年（一九四三年）

私立跡見高等女学校に入学。

昭和十九年（一九四四年）

戦時下にあって戦況不利のため、山梨県甲府市に疎開。山梨県立第一高等女学校に転校。農家への勤労奉仕、軍需工場での仕事に明け暮れる。立川飛行機製作所で飛行機の生産に従事する。

昭和二十年（一九四五年）

敗戦の一ヶ月前の七月、甲府大空襲にあい、戦火の中を逃げる。同八月敗戦。東京転入が規制され、やむなく埼玉県浦和市立高等女学校に転校。父と二人暮らしをする。

昭和二十一年（一九四六年）

家族がそろい、祖母、母、弟妹ともども埼玉県浦和市（現・さいたま市浦和区）領家に落ち着く。

昭和二十三年（一九四八年）

住友銀行（現・三井住友銀行）東京支社入社。のち本店事務所で秘書を務める。

昭和二十八年（一九五三年）

脊椎カリエスに罹り闘病生活に入る。

昭和三十一年（一九五六年）

療養を続けながら「近代」に入会。加藤克巳に師事、作歌をはじめる。

昭和三十四年（一九五九年）

「近代」会員、池永洋子、堀江典子と三名で合同歌集『原始』出版。銀座サボイで出版記念会が行われた。

昭和三十五年（一九六〇年）

「近代」会員池永英二の呼びかけで「近代」在籍のまま同人誌「アンドロメダ」に参加。また「東京歌人集会」にも参加して結社外の若い歌人たちとの交流を得る。

昭和三十七年（一九六二年）

「アンドロメダ」十号発行、予定の二年間の活動をおわり終刊となる。

昭和三十八年（一九六三年）

「近代」より引き続いて「個性」に入会。創刊号から小論（主として現代短歌へのアプローチ）を書く。

昭和三十九年（一九六四年）

「個性別冊」で共同制作「源実朝」を北沢純と制作。堀江典子、近藤和中、小倉高徳の三人の「アトランティス」と一緒に掲載される。

昭和三十九年（一九六四年）

住友銀行員、村田和《ひとし》と結婚。東京都世田谷区南烏山三―二三―一四に転居。

昭和四十一年（一九六六年）

長男　香《かおる》誕生。

昭和四十三年（一九六八年）

次男　穫《おさむ》誕生。

昭和四十四年（一九六九年）

第一歌集『未明の街』を現代詩工房から出版。

昭和四十五年（一九七〇年）

私学会館（現・アルカディア市ヶ谷）にて『未明の街』の出版記念会が開かれる。この日、三島由紀夫の割腹事件が発生した。個性賞受賞。

昭和四十六年（一九七一年）

銀座松崎画廊にて自らが主宰する染色工芸グループ「雅也《がや》工房」の展示会を開催。この年以降、平成九年まで年に一回の開催を欠かすことなく続けた。

昭和四十七年（一九七二年）

短歌公論社の「受賞歌人シリーズ」に参加。

昭和五十三年（一九七八年）

第二歌集『森ざわめくは』を雁書館から出版。学士会館にて出版記念会が開かれた。

昭和五十四年（一九七九年）

現代歌人協会員となる。

昭和六十年（一九八五年）

『十人の歌人たち　同時代作家論』を雁書館から出版。多くの反響があった。

昭和六十一年（一九八六年）

『十人の歌人たち』をきっかけとして「'86短歌フォーラム」が代々木の日本青年館で催され、二百人の出席を得る。雁書館、十人の歌人たち、個性の会の後援による。

第三歌集『冬のダ・ヴィンチ』を雁書館から出版。

「NHK学園」短歌講座の講師となる。

昭和六十二年（一九八七年）

銀座松崎画廊にて現代短歌を染める展示会を開催。加藤克巳、馬場あき子、富小路禎子らの作品を展示した。

昭和六十三年（一九八八年）

『現代短歌入門　自解100歌選　筒井富栄集』を牧羊社から出版。

平成四年（一九九二年）

評論集『加藤克巳の歌』を雁書館から出版。

平成五年（一九九三年）

同居しながら介護を続けてきた姑、秋子を見送る。パーキンソン病を発病。入退院を繰り返しながら、徐々に身体に制約を受けるようになる。

平成十年（一九九八年）

第四歌集『凪の構図』を砂子屋書房から出版。十月『凪の構図』の出版を記念し、「励ます会」がアルカディア・市ヶ谷にて開かれ、「個性」をはじめ多くの歌友が集まった。

平成十一年（一九九九年）

十一月、銀座松崎画廊にてこれまでの染色工芸作品を集め、回顧展を開催した。これが公の場に出た最後となった。

平成十二年（二〇〇〇年）

七月二十三日、パーキンソン病による呼吸不全により自宅にて、夫、息子らに見守られて永眠。享年七十。「寂光院眞詠妙富大姉」として世田谷区の豪徳寺に埋葬される。「個性」十一月号にて筒井富栄追悼特集が組まれた。

平成十七年（二〇〇五年）

「短歌往来」五月号の歌人回想録で取り上げられる。エッセイ沖ななも、50首抄堀江典子。

全歌集　あとがき

筒井が第四歌集である『風の構図』を出版した一九九八年の十月、「筒井富栄さんの歌集出版を祝し励ます会」が催された。加藤克巳先生をはじめとして多くの歌友が公の場で筒井と言葉を交わしたのはこれが最後であった。「短歌朝日」一九九九年一月号にこの会が取り上げられ、元気な様子の筒井と車椅子を押す父の姿が巻頭グラビアに載っている。私も運転手兼付き添いとしてこの会に参加した。私自身、短歌を始める前であり、出席者リストには本名の「村田香」として載っている。会場には髙瀬一誌さんや小池光さんもいらっしゃり、ご挨拶をした記憶があるが、まさか自分自身が「短歌人」に入っておふたりにお世話になろうとは微塵も思っていなかった。御縁とは不思議なものである。

親子で短歌の道に進む例は、いまでは珍しくはない。が、私の場合、母は私の前で短歌について話すことはほとんどなかった。ましてや「個性」に入ったら、とか短歌をやってみれば、と勧められることは皆無であった。私自身も鉄道の技術者という道を選んだこともあり、とりわけ短歌に興味を覚えることはなく、短歌は染色工芸と同様母の領域であり、触れがたい存在であった。

短歌をはじめた人は、先輩から「どうして短歌を始めたのか」と聞かれることがある。私は、自分が短歌を作りたいという気持ちよりも、病状が悪化する母への「孝行」の意味合いが強かった。長年親不孝を続けてきた私にとって、ベッドに伏す母を励ますことができれば、程度のものであった。そして、私が短歌をはじめて一年あまりで母は他界した。他界した二〇〇〇年七月二十三日のことはよく覚えている。特段に容態が急変したということもなく、前日と同様に母は自宅のベッドに横たわっていた。日曜日で、私は夜に帰宅した。たぶん、どこかの歌会の帰りではなかったかと思う。私が歌会に行くようになってからは歌会から帰るといつも母とは短歌の話をした。難しい話ではない。誰それがこんなことを言ってたよ、程度のことである。その日もそうであった。介護ベッドをすこし起こして喋っていたら、突然体が崩れ落ちてきた。すぐに救急車を呼んだが、病院に着いたときはすでに息はなかった。

母の通夜、告別式は多くの歌人の方が弔問に来て下さった。加藤克巳先生からは弔辞を賜り、髙瀬一誌さん、蒔田さくら子さんは同世代で古くからの歌友という立場でご参列下さった。他にも歌壇関係の方は沢山来て頂いたはずで、まがりなりにも短歌を始めていた自分が積極的に御挨拶と御礼をするべきであったが、私が存じ上げている方は少なくてずいぶん失礼をしたに違いなかった。今さらではあるが、この場を借りてお詫びしたい。

母が他界してすでに十六年もの歳月が経過した。今年は十七回忌だった。この間、私は「短歌人」で天野慶と出会い、結婚し、三人の子どもに恵まれた。そして、慌ただしくも楽しい毎日を送ってきた。一方、四年前に父が他界し、転勤で奈良に住むようになり、三年を経てまた東京に戻ってくるという実に目まぐるしい日常だったともいえる。母の短歌をまとめなければという気持ちはずっとあったにもかかわらず、こんなにも遅くなったのはひとえに自分の怠慢である。母も怒りを通りこして呆れていることだろう。返す返す残念なのは、母が天野や子どもたちを話す機会がなかったことだ。巡り合わせとはいえ、もし元気な頃の筒井と天野が短歌の話や私の話をしていたら、などといまでも想像することがある。

筒井が亡くなってから（なんと前世紀のことである）、今に至るまで世の中はずいぶん変わった。短歌の世界では、ネット社会の発展、Twitterの出現が大きい。短歌に触れる人々も多種多様となった。筒井富栄の作品を知っている方にはなつかしく、知らない人には新鮮に、興味深く感じて下されば息子としていうことはない。

本書をまとめるにあたり、六花書林の宇田川寛之さんには大変お世話になりました。いつまで経っても原稿が仕上がらない自分を辛抱強く待って下さった宇田川さんなくしては絶対にまとめあげることができませんでした。改めて御礼申し上げます。そして、影に日向に励まし続けてくれた妻、天野慶にも感謝いたします。

二〇一六年八月

村田　馨

初句索引

＊この索引の配列はそれぞれ初句の五十音順とした。同一初句の場合は、二句までを掲げた。
＊音数により句が特定できない場合は、語の切れ目までを掲げた。

［あ］

―行ってしまった……一三五
―どうしているか……二九五
アヴェ・マリア……一七九
雨足が……三三三
雨足の……二〇七
亜麻色に……五九
雨上り
―回転木馬……二三
―すれちがいざまの……三五〇
雨が降る
―このような日に……二四六
―坂は淋しい……一八六
雨風窓に……九六
雨けむり……五九
雨にあう……二七一
雨の煙る朝……二〇六
雨は　いつもいつも……一〇二
雨ばかり……一五七
雨はもう……三三四
雨やまず……二三六
あゆみゆく……一四四
荒々しく……二一・三五六
ありあまる……二八六
或る機会……三五三
ある午後の……六二
ある午後を
―不意に発芽の……一二一
―船着場より……五〇
ある図形が……一五〇
ある春の……一四五
或る日　ふと……三四五
ある日みた……二八九
ある夜死者は……二六六
ある夜捕えた……四八
あれはたしか……九八
あれはほんとう……一〇五
「あれはまだ……一五七
荒れる海……三三三
淡く雪……二五〇
あわただしく……三三四
あわれ……一一七
暗紅の
―ガラスの芯を……一四六
―屋根が突然……一九八
アンスリュームの……三三
アンデスの……三二一
あんぶれら……五〇
暗緑の
―海と干潟と……三〇
―傘の真下の……一五四

［い］

言いわけを……二三四
イエスより……一八〇
医学とは……二三三
いかりもて……二一八
生きたる……二一七
息づまり……三三七
生きることは……二八二
生きるとは……一八二
生きるのは……三三五
幾千の……一五九
いくたびの……一〇〇
幾たびも
―書きかけの手紙……二八〇
―地平をよぎる……一九六
―ねむり幾たびも……二三七
いく日も……一九四
幾百の……一二〇
いく夜が……一九五
池に石……三三六
池に石を……三三六
石垣は……一九八
石壁に……一八一
石だたみ……三三
医師ナースの……三三四
石の背後に……二〇三
石をみても……三四四
いずこより
―きたる報せか……一一九
―放たれし矢か……二六七
忙しい……三三〇
抱かれる……二七三
痛ましく……二七〇
一握の……一一三
一月の……二一四
一打ずつ……一七・三四五
一日を……一五五
一年後……三七
一枚の……四五
いちめんに
―うすくれないの……一九五
―ひなぎく咲ける……一八七
一列に……二〇六
一羽の鳩……三三
一塊の……一〇八
一管の……一一三
一脚の
―椅子がおかれて……二四三
―椅子をともない……二九一
一定の……六〇

一滴の……一五七
一頭の……九三
一片の……二四二
一本の……二一九
いつか野火……二二五
いつか不意に……五八
いつからか
―暗黙のうちに……二四
―かわいた瞳……三五
―水平線を……一五六
―対話をもたず……四九
―人は持ちおり……一七八
いつかわたしは……四七
いっせいに
―鴨が飛びたつ……二八六
―鳴るのは弔鐘か……二〇四
―葉裏みせつつ……一七七
行ってしまった……一三七
いつまでも……一八二
いつもここに……二七四
いつよりか
―閉ざしておきし……二八四
―われの狩猟は……二七三
いつよりわれ……二九三
逸楽を……二九八
稲妻に……五〇
いなずま走る……一六七
犬はチェホフの……一六三
いのこずち……四一
生命をかけて……二五六
イノブタと……一三七
いまいちど……一五九
いま海は……二〇九
今さら何を……一一八
いましがた……一九六
今もなお……一〇五
忌詞……一六〇
陰鬱に……九五
インコウは……五五

［う］

ういきょうの……四九
ウインドウの……一〇四
ウインドに……二六
ウインドの……四九
烏竜茶……四八
穿たれた……二六二
雨季……一二九
右舷より……一八六
動けない……三五七
うすあかり……四二
うずくまる……一六三
薄ら日の……一八八
うそつきと……一三三
うそをつく……四七
うたいたい……一五六
うたがえば……一三〇
歌声が……三一
うたのメモ……二九九
うたびとの……三二四
打たるるは……二一七
打たれた頬と……四一
うたわない
―うたう　それから……六一
―木々よ真冬の……六四
内海に……六六
内側から……三八
裡にいま……一六五
内深く……一二九
うつうつと
―うたを作らぬ……三三
―川を渡りて……二七一
―夏をすごせり……二六九
鬱鬱と……三一
うっすらと……一五三
訴える……一九六
うつ伏せに……五一
うつむきて……二二六
うつむきながら……二四六
腕をひろげ……一三二
うねりの如く……六四
乳母車……一九三
奪われた……六六
海うねり……三〇
海が荒れたと……八一
海亀は……九一
海と空とが……一〇一
海と波……三一九
海なりの……五一
海鳴りを……二七七
海に降る……二一七
海のあなたと……一二一
海はいま……二九〇
海ふかく……一八九
海よ……一五一
呻きつつ……二〇二
うらぶれし……二四五
裏街の……二三八
裏街を……一四三

［え］

永遠に

―とどかぬ空よ……二〇二
―離れられない……二九七
映像は……三三
枝々に
―黒い果実を……一四一
―閃光放つ……一六四
枝しなう……一三〇
悦楽は……二二四
絵葉書の……一一六
塩害で……一九八
遠景に
―海を置くべく……二一七
―揺れてやまざる……二五三
円卓の……一八六
炎天に……二五五
炎熱下……二二一
遠雷は……二九八

［お］

追い風に……三一八
老いし母の……一九六
追いつめて……二七四
大いなる鎌……三五三
大江山……二九五
大声を……二一六
横転し……四四
大時計
―その針に雪……三四
―時を告げれば……八三
おおわれて……九七
置き去りに……二八八
おきなさい……四三
屋上は……一〇六
おくる者……一二六
筬が鳴る……二四八
押されつつ……二六三
汚辱の日……四〇
おそらくは
―あの日の風に……二九二
―ねむれぬ夜と……二八五
―骨たちの私語……一一〇
おそらく花火が……三三七
おそわれた……一一六
おたがいに……二七九
墜ちた鳥……九五
落ちてゆく……二八五
墜ちるなよ……五五
音たてて……三五五
音立てて……二六
音もなく……二七二
―幾千の人……一〇八
―幕閉ざされし……一八八
―窓外の丘……九四
尾根に立つ……一六三
おびただしい
―鳩とびたたせ……四三
―ゼラチン質が……七一
憶えておこう……一一六
お前だけが……一〇四
思いきり……三一六
思いだせ……七〇
思うこと……二六四
思えばわれら……一九七
泳げ　きみ……一三八
折りあうことの……二三九
オリオンが……二二三
降りてゆきたい……二〇六
オルゴール……五三
オルフェ帰り……五〇
オレンジの
―コスモスですと……三一六
―ブラウス風に……二九七
追われ来て……一二九
追われる夢を……一二一
女主人……一九六

［か］

カーコート……二・三五五
カーテンの……二六〇
カーニバル……三五〇
カーニバルの……二九
海峡を
―こえくる船の……二〇九
―蝶がわたると……一〇七
海港と……二三一
回顧展……三二〇
悔恨と……一一六
悔恨は……二四一
海市に行く……二三三
外人墓地の……二二四
海図ひろげ……三四五
階段を
―くだる　いくたび……一九三
―ともしび色の……一〇四
―のぼりつめると……一〇六
回転扉が……三四七
街灯が……二四七
外套の……二五一
街灯を……三三
海浜の……二五三

解放と……一五七
街路樹から……一九
街路樹の
—けやきの枝を……二三四
—つづく道　雨……三四九
帰らない
—刻　帰らない……一〇八
—ひと夜となりて……二八
—矢車草の……六八
還りゆく……一六四
帰る海……四六
かかげるは……一六八
鏡のうらに……二三
鏡の裏の……一三四
鏡の中を……九九
かがやいて
—日は過ぎてゆく……二四三
—放馬むれなし……一三三
かがやける……二五一
輝ける……三三
牡蠣にひそむ……二四
鍵のとぶ……三五一
かぎりなく……二六二
限りなく……二八
確実に
—失いしもの……一四六
—雨滴を含む……二〇一
—かすかにそれは……九九
—撃鉄をあげる……一〇九
—迫りくる〈刻〉……四二
楽隊は……一七
影絵売り……五一
影に入るとき……一九〇
かけぬけし……二八四
駈けぬけた……二〇三
駈けのぼる……三五四
影ぼうし……二四五
影をひき……三三六
過去の夏
—うすむらさきに……八二
—積乱雲に……四四
過去の街……五九
囲まれて……三九
果樹の下……五九
花燭台の……一五二
ガス燈が……一六二
かすみあみに……一六七
かすみ草……二一六
かすめさる……一〇〇
風荒ぐ……二〇八
風落ちて……二〇九
風がざわめく……三三
風が低く……二〇五
風が吹く……四九
風通う……二七二
風きたりて……二四六
風鎮め……一三一
風すさぶ……一五四
風　そして……一五七
風立てど……二四四
仮設都市に……一〇五
風強く……五三
風に背を……八二
風にとぶ……七一
風にのり
—石炭袋を……一三八
—ミサ曲きこゆ……二四二
—モーツアルトの……五三
風に吹かれ……二七〇
風にまかれ……四八
風にむかい……五三
風のごとき……四一
風の辻……二二一
風の手に……一四九
風の中……二四八
風の中で
—手をつないでる……一三五
—遠くを見つめ……二九六
風の窓……二六五
風は腕の……二〇三
風は頭上を……二六〇
風は吹いて……一六六
風まとう……一八〇
風やみて……一九〇
風をつかみ……一八五
片腕を……二三五
かたくなに……一六五
形なき……一八六
かたちなく……二四
かたちのない……六
かたつむり……二二六
かたときも……二九六
かたむいて……三四八
傾けた……三三〇
片方の……一五九
片目にて……一七七
片目の魚を……五〇
片目をあけると……三五
肩をおとし……二六一
家畜小屋に……二〇一
郭公の……一〇五
かつてあいを……二七
かつてあの……一〇九
かつてお前は……三九

かつてここに……二三三
かつては肩に……二三
かつて冬も……二九三
哀しさも……二九四
かなしみの……一一四
彼方には……二五九
かなり長い……一六五
かねたたき……九二
彼女たち……三九
かのテラス……一一六
かの夏の……二七〇
かの日あなたは……二二五
かの日常の……二一〇
かの馬車は……一九〇
彼の沃野に……三三
蚊柱が……一三三
カフェテラス……二二三
下部にゆく……一四七
かぶりたる……二五三
壁の中……二五二
かまきりの……二一一
髪が濡れて……一四三
神々の……一三三
神とわれと……一二五
かみなりに……一九九
雷わたる……二六六
神にすべてを……二八
紙飛行機を……一六四
画面より……二四七
仮面をぬがされて……二三九
火曜日は……二三三
カラカラと……二七
硝子越しに……一八一
ガラス戸が……二六七
硝子戸を……二三二
硝子屋の……一二五
からたちの……一七八
からだにしみる……二八
体をまく……一三七
カラッポな……一九
空っぽな……一四〇
からみあい……一二三
かりかりと……二七
枯木立……三五六
枯野には……二四九
彼はなぜ……三六
彼は往く……四一
彼らみな……七二
彼若く……三三
かろうじて……二九八
可愛い瞳……五三
渇く鳥……五五
川にごる……二二五
川をわたり……一四〇
考える……二九一
管楽器の……一一一
眼下はるか……一六〇
眼球の……一六六
関節が……三二四
眼前で……二二四
カンテラを……一五五
完璧な……一三六
岩壁に……一四〇

[き]

偽悪者が……二五五
記憶の中に……二七四
気がつけば
—ひとびとは消え……一九七
—骨まで細る……二八九
木から木へ……一一一
樹々のうた……九五
木々は立つ……六四
ぎこちない……二三三
きざまれた……二一
きしきしと……二五〇
ぎしぎしと……二七〇
きしむのは……二〇九
傷ついた……一七・三四五
傷つけた……二四五
北……一九二
北風の……二四一
北からの……二〇二
北からは……一九二
北国の……二一三
北斜面……一六四
北を指す……一八二
気づかねば……二六四
吃水線を……一三三
吃水の……一八八
起点港……一八五
木の椅子に……一〇五
昨日 また……六二
樹の影が……二四二
樹は海に……九五
起爆地点に……二〇〇
希薄な空気……一六六
君たちは……六六
黄緑の……九七
君の撃つ……二一七
きみの三月……二一七
君の胸に……一〇六
君は誰か……九九

君は持つ
―黒手袋に……一九
―群鶏広場……一九
―幻影の中に……一九
―深紅に変る……一九
―弾痕ひとつ……一九
―フーガのごとく……一九
―緑色のとかげ……一九
きみもまた……三五
客間では……一九八
逆光に……一四一
ギャロップで……一九
急速に……一四四
休息の……二七六
丘陵は……二五一
九羽の鳩……一九一
胸腔に
―紅のひろがる……一六七
―血は溢れるか……一九六
―ひしめく種子よ……一四八
凶鳥と……一六〇
今日で四日……一八三
今日も又
―ひとつプリムラ……五八
―郵便配達夫は……二二〇
今日よりは……二九六
共和国……二六三
局地より……二〇一
きらきらと……四六
きらめいて
―墜ちゆく血の……三五
―緑葉ちらす……二八三
きりとった……一三九
キリストの……三八
霧の中
―かすかに旗は……一八六
―捲かれし旗の……二〇二
霧の中に……一一五
桐の花……一五三
黄金色の……三四七
金貨散り……三四四
近郊電車の……一四九
銀座　土曜……二五
均整を……二六八
金曜の夜……九四

〔く〕

空間に……一八・三四六
空漠たる……二四一
空爆の……二七五
空白を……二七〇
グエンダリーナ……二五
九時半に……三八
くしゃくしゃの……二四一
くずれかけた……二五二
崩れるときに……四五
砕けつつ……三三四
接吻を……二九六
くちびるを
―噛みてあゆめる……二一五
―野の斉唱に……二〇七
口笛　空に……五三
屈辱を……三五二
国中が……三一七
首折れし……一八一
首を垂れた……二五六
ぐみの実の……九一
雲が西に……三六
雲の下に……二〇五
雲の尖端……二五七
雲のない……一七・三四六
くもり硝子の……二九〇
くもり日に……二一六
曇り日の……六一
暗い朝……三五四
暗かった……五八
暗き目を……二四二
暗すぎる……一〇二
狂いたく……二九八
胡桃割る……六一
くれないが……二四五
苦しさを……二七七
くるだろう……五一
クレーンで……九八
黒揚羽……二〇五
黒い椅子……九九
黒い馬の……二〇五
黒い種……三一七
黒き馬……一七八
黒き楽器は……二五七
黒シャツを……二九八
黒と白……三四
黒の中に……一五一
黒羽根の……一六〇
黒ペンで……三四八
くわしくは……一九四
群集に
―さえぎられつつ……一一八
―まぎれても彼ら……三三
群集の
―あふれでて酔う……三四八
群青の
―外側にあって……四四

—カップ壊して……二三五
—八月の空を……三三三
群狼の……一〇三

［け］

計算を……三五五
けいとうは……六一
今朝　枝々の……二七六
今朝わが……二四一
夏至……二一〇
芥子粒ほどの……六八
芥子胸に……三五〇
月光を……二六〇
結晶と……二六二
結氷期……二三四
けむりつつ……二一九
けものみたいに……一九・三四九
眩暈を……一五〇
幻影と……一八三
幻想の……一三〇

［こ］

恋しくば……二九八
高圧線……三
こうして海を……二七一
工場……四五
高層の……三一七
広大な……一三三
甲虫の……一四八
荒廃の……一五八
恋う人は……二三四
荒野とは……二七五
荒野より……六八
港湾に
—馬をのせゆく……二六七
—はげしき光……二七八
越え得るか……五七
コーク飲む……二一七
木枯に……三一八
凩の……六一
木枯しの……四四
こきざみに……二三六
黒色の……二三四
黒人霊歌……二九
黒鳥が……二六〇
黒鳥の……二〇〇
穀物倉に……一九三
ここだけは……三四四
午後の雨……二八四
午後の椅子……二一八
ここに　あなたが……五四
ここにひとつの……二一五
ここまでは……二五一
心の風車……二七〇
腰をおろすと……二三七
コスモスが……三三三
午前五時
—そら　玄関の……三三九
—二十九分帆影は……一八五
午前中……二八六
去年如月……二三四
コッチヘコイ　エンヤコラ
……三三〇
ことごとく
—枯れつくしたる……一七
—地平をさして……一九〇
—鳥の消え去る……一五〇
今年最後の……三五一
言葉失い……三三五
言葉には……二三六
子供よ……一三八
小鳥売る……二五
小鳥の死……二六
この灯……三五七
この川に……一九八
この傷も……二六八
この国の……二八一
このさきを……二七一
この失意……七二
この夏を
—枯れひまわりは……一八七
—忘れさせない……三一
息子の部屋から……一八三
この冬を……二六五
この街で……二四三
この街も……二三四
この道の……二八
この夜半……一八六
この夕べ……一四一
こばまれて……二五七
こまやかに……三三三
こみあげる……三五二
子も母も……一九三
木洩れ日の……二〇一
今宵また……一三三
ゴルゴダの……一七九
コルシカの
—海をまぶたの……一三
—剣もつ友に……一三
「これから」と……二四四
これでもう……二八六
これは夢……一五九

〈ゴンドリエ〉……二〇・三五二
こんなにも
―強き腕で……二八四
―よい人なのに……二九六

[さ]

サーカスの……一八〇
さあ走れ……九二
菜園の……一三
歳月が……二五二
歳月を……二九四
際限のない
―階段が不意に……二四〇
―話題のはてに……二〇六
最後のカード……三五五
細胞が……二〇八
細胞と……一三七
坂多き……一八〇
酒倉の……一九四
さかさまに
―吊るされている……二九二
―沼におちこむ……一三
魚たちに……六七
魚たちの
―回遊やがて……九七
―空中浮遊……一〇三
―ミサではじまる……九七
坂の街……一八
サキソフォン……三五
昨夜神々の……一五七
昨夜心にきめた……一六五
昨夜より
―同じ形の……六七
―かみきり虫は……九一
桜花……九六
叫ばんと……一七八
叫ぶこと……二八〇
ささえられ
―一列に吹く……一四〇
―よりかからせて……三三一
砂上を……三三〇
挫折など……五二
誘われて……一五二
さっきから……二八七
ざっくりと……七〇
淋しい樹……一〇二
淋しいと……二八三
淋しきかと……一五九
淋しきは……二五七
淋しくも……一二八
木靴に雪……二七六
さみしさを……二八四
寒いから……五七
寒い夏……一四六
寒く重い……一一六
覚めて今朝……二五四
サモワール……四八
さやさやと……二九二
さようなら、……二三八
サライその……一八四
さらにつづく……一五七
さらば海……二八五
去られるも……二五五
サルビアの……二八九
さわさわと……一五九
爽やかな……三一
さわやかに……五四
爽やかに……三五
三角の……二三
三月の……二七一
残光と……二六一
さんさんと……三三五
残暑きびしく……二八七
山荘の……一四一
酸味濃い……四七
三面鏡に……一四八
山脈に……二〇二

[し]

Cフラットに……一六七
シェークスピアの……一一五
市街地の……二三
市街地は
―いまだ暮れ得ず……二〇八
―銅板の中に……一五五
舗道に……三八
シグナルが……三四八
地獄を……二四一
死者たちは……一五一
死者まねる……三三
四肢をちぢめ……二三
静かな、……一〇〇
しずかにゆこう……五八
沈みきれぬ……二一
沈む陽を……二三
沈んだ愛が……一七・三四六
始祖鳥を……一一
下書きを……三一九
従うは……二五九
したたかに……二八八
しっとりと
―あなたはここに……六九

［す］

すぎてゆく……二一九
すきとおる
―花弁のうらに……一三七
―ガラスのきのこ……一八
透きとおる……二〇〇
好きな時間は……三三〇
過ぎゆくは……一六四
少しずつ……六八
涼し気に……一一七
すずやかに……三三二
進めても……二四八
雀より……三三四
すっきりと……二九一
すでにかげる……二五四
捨てていけ……三五四
捨てられた……二八八
すばらしかった……一〇九
すべて後手……二一・三五五
すべりおち……六一
住の江の……二九五
すれちがい……一一三
すれちがう……一五九
すれちがうは……一三六

［せ］

製塩所……一四六
凄惨に……一九六
静寂が……二八七
静寂も……一三一
斉唱が……二一〇
精神科医の……二五〇
青銅の……一〇九
青年の……六五
青年は
―一点の煙草の……三七
―つねに渇ける……一六
青年ひとり……二一二
青年を……一八一
精霊と……二六八
背泳ぎを……三三三
背負われて……一一二
世界一……二九七
世界中の……三三六
背が寒い……一六五
積乱雲……三五〇
石膏の……二一七
せっせつと……二三一
切ないと……三一九
背に青い……一二〇
迫りくる……二八七
せめて手を……二八八
セロリ噛む……二六
戦火より……一九五
閃光の……一三四
尖塔に……一四二
前略で……二九四
戦慄は……一三八
背をむけて……三三七
船首にゆれる……一九四

［そ］

草原の……一〇一
そうしていつか……二五
葬送の……二一四
そうだいま……三三〇
そうだ地球は……三三〇
総帆絞れ……一八五
聡明と……三三一
葬列の……六九
狙撃せよ……一〇一
そこまでを……二四五
そこよりは……二四五
そして君……一二〇
そして又……八三
咀嚼するには……二三九
そのあした……一五四
その家の……二五四
その色の……三五四
その上に……二一九
その距離を……一二六
そのグラスには……二三九
その視野に……二一七
その時が……二六〇
その日のために……六六
その日より……一五五
その広場……五九
その街は……六一
その夜は……六〇
その夜を……五八
背くこと……二七四
そよろとゆれる……三三六
空が晴れていて……二四〇
空が揺れる……一五一
空は暗い……三九
空をうつす……二七
空をゆく……六一
それがいつも……一一七
そんな目で……九一

［た］

ダイアナの……三五三
体温の……一五五
対岸に……六一
対岸の……一二五
台風が……三四五
太陽は……三五四
太陽も……一八四
隊を組み……二七
耐えがたい……一五二
たえまなく
―気泡をあげて……六七
―落葉の降る……一二五
絶え間なく……二五二
だが君は……五五
高く低く……二一九
だがそれも……一一八
高だかと……三三一
高々と……一八八
だが街は……三三五
抱きあった……三四五
抱きしめた……四一
抱きしめて……六八
抱きとめられて……二一九
タクシーの……二六五
たくらまれ……二二
たくらみし……二五七
たじろがぬ……二八
戦いは
―しらず失う……四〇
―すでに叙事詩に……三〇
戦いを……二〇三
たたかれて……一五三
ただ太陽と……一九
ただれた空は……三五六
断たれたる……一〇〇
たちあおい
―群青の空の……二五五
―咲きつぐ白き……三三四
たちあがる……二五九
発ったために……二六五
手綱とる……一六〇
たとうれば……一一三
たとえば……一一一
谷の鐘……一六一
煙草　夕暮……三
旅立ちの……一四一
旅人は……九三
ダ・ヴィンチの……二三八
ダ・ヴィンチよ……一八四
だぶだぶの……一二五
魂の
―あわきかげりに……二一八
―傾くごとく……一六三
―壺がいくつも……一一四
魂は……一八八
魂を
―崩さずにおくと……二四九
―ゆさぶりくれる……三三四
玉ネギが……二六九
玉ねぎの……一九九
玉葱の……一〇九
球を追う……二一八
タラバガニ……四六
誰かが……三一七
誰か風を……二六九
誰か詩を。……一八・三四九
誰が吹く……一九三
誰にもあわない……二五五
誰にも会わない……二三七
誰の死を……二〇二
誰のために……一六三
誰も追っては……一四八
だれもかも……一六七
誰も彼も……一七八
誰も気づかぬ……三五四
誰よりも……三一四
誰をしも……一二六
弾痕を……四〇
単調な……三四四
弾道下……四〇
タンポポの……一八七

［ち］

地下街の
―輝く果実……一〇三
―天井は少し……七〇
―閉鎖をつげる……三
地下街は……一一三
近頃おぼえた……三三三
地下にある……一四三
ちぎられた……三四四
畜舎より……一九七
地上には……四〇
地上での……一四四
地図の上の……一四八
父は光……一五一
地中海の……一〇八
散っていった……六六
地底より……一八三
血の色の……三七

地の塩を……二五三
地の果てを……三三七
抽象の……二六六
中枢に……一〇四
中東に……二六二
調教師……四八
散りしいた……一八三
散り敷くは……二九九
血をさわがせて……一八九
血を喀きし……二六〇
地を這って……二七五

［つ］

終の貌……二五九
ついばまれ……一二四
通過する……二六六
つかみ得た……五三
つかれはてた……九三
つぎつぎと……一九五
つぎつぎに……七一
月瘠せて……二七七
月を最後の……一五八
月を背に……九一
造花……一八三
蔦の葉が……二九六
つっ切れば……二五八
つっぱしれ……七一
つねに帆は……二五三
つばさもつ……二九一
爪先が……三九
つまさきを……一六一
躓きし……二四九
つみ上げた……二七五
つめたい光が……二〇六
冷たかった……三五六
吊された……一七
吊るされた……三四七
吊されて……九三

［て］

手入れをしない……三三四
手がそよぐ……二一六
手ごたえは……二五六
手探りで……二六
デスクを……三三九
デスマスクに……一九一
鉄骨は……九七
鉄柵に……三九
鉄柵の……九九
鉄塔の……二五九
鉄の匂いを……二〇七
てっぺんに……一三三
掌に汗を……一三九
手に重き……二四六
手の置き場……三三四
手の中の……三四六
てのひらに……一一一
掌に……一〇一
てのひらを……二二五
手袋を……二一
でも朝に……三一九
寺山修司に……二三八
天体の……四四
天と地の……一六一
天皇賞の……三三五
天より麦の……一五四
電話がなった……三三一
手をつなぎ……五七
手をのばす……三三三
手をのべて……一六五

［と］

ドアをあけ……三三〇
等間隔に……一一四
東京は雨……二一九
どう狂ったか……三四九
道化師の……一二四
凍死した……三三四
どうしてこんなに……三三〇
どうしても……七〇
逃走の……一〇一
逃走を……一一三
塔の上……四二
銅板の
―魚がふれあう……一五二
―植物画より……一五六
逃亡者
―かくまうことを……二一八
―棲まわせてからの……四二
透明な……四二
どうやって……九四
遠い空の……二四〇
遠い日に……三三五
とおい日の……四六
遠い日の……二七五
とおからず……二九二
とおくで……六七
遠くにて……二六二
遠くより……二二三
遠ざかる……二〇八
遠花火……一三一

遠ぼえの……三五三
と思ったら……三三三
時はすでに……一四九
解き放たれ……二〇四
刻はまだ……二八五
時を越え……一九〇
どこかでとおく……二一七
どこからか……三三二
どこにでも……二八一
どこまでも……二一〇
閉ざされた
―海桔梗色……九七
―海辺かすかに……一五六
都市に雪……二〇八
都市の地下……二一六
突然の……一五二
突風に……九六
とても遠い……二〇三
トナカイの……一二三
隣り家の……三二五
どの時計も……二九
どの葉裏からも……二四〇
どのように……二三六
鳶色の……九八
とびすさる……一九五
飛ぶ！ 雲！……三五一
ともすると……三三七
土曜日の……二一七
ドラム・ソロ……三二五
トランペットの……三五五
とりいれを……二七二
とりかごの……二二五
鳥かごは……二五六
とり型の……九二
鳥が飛ぶ……二三三
鳥たちの……三六
鳥と影との……二二一
鳥になる……九四
鳥はそこに……一八九
鳥は雪を……一〇四
トルコききょうの……二二二
トルコ桔梗は……二六一
どん底を……二九四
戸を開く……一六〇

［な］

内臓に
―異常なしとの……二八三
―冬の海鳴り……二二三
なお生きて……一一〇
長いこと
―わたくしは寝た……二五五
―わたしは眠って……三一〇
長い長い……三一七
長い橋……九四
長かった……三三二
泣かないで……二五三
泣きまねを……三四七
投げ出した……二九三
なすことも……二九二
なすすべも……二八一
茄子のはな……二六八
なぜ撃たれたか……二六八
なぜかくも……二六四
なぜ ひまわりは……二四
なぜママン……一二五
ナターシャが……一二九
菜種梅雨、……三三二
なだめつつ……二八二
夏草に……二五三
夏 黒手袋の……一六八
夏のあやうい……一一七
夏の嵐に……二七九
夏の午後……三三一
夏の陽を……一九三
夏はやや……一三九
何者か……一四九
なにゆえに……三三四
何を心に……二五五
何を待つ……一七〇
なびく前……一四五
鉛のたまを……一二六
ナラ材の……一九二
なりゆきに……二八六
汝がいた……二五八
南下する
―白き船影……二七六
―隊列ありと……二〇二
何でもない……二七八
何のために……二四八

［に］

匂いたつ……五四
二月 雪……四七
荷車に……九二
逃げまどう……二一七
逃げる少女を……二二五
西……一九一
西銀座……二一四
西陽さす……一四五
にじむのは……二五六
二十一の夏……三四五

日没を……六〇
にび色の……一四七
鈍色の……二〇九
二本の木……一三三
乳香樹……一五三
楡の枝……三九
人間は……三一

［ぬ］

ぬくい栗……三八
ぬれそぼち……一六八
濡れること……二五四

［ね］

ネイブルが……一二三
ねえママン……一三五
ねえ　ママン……一三五
ねこじゃらし……二九七
ねじられて……五六
ネプチューンの……三一
睡りつぐ……二五八
ねむりつつ……一九七
ねむるのだ……九一
ねむるのも……一一三

［の］

野いちごの……二九
逃れきて……二七三
遁れきて……二五〇
残された
―一群の樹木……一六六
―わが周辺を……一九三
―われら　埋めたて……一〇五
のこされて……九四
のこるわれらに……一〇七
野ざらしの……二五九
のぞきみる……四七
野づらに羽……二五七
喉もとに……三四七
野にたって……一一四
野ねずみの……三六
野の果てより……一四二
のばしきる……一二
伸びるだけ……三三六
のぼれ　のぼれ……七一
野をいでて……一五九

［は］

バーテンは……三五一
ハーレム・ノクターン……三五一
灰色に……二七五
癈園の……一三一
背後にて……二一四
敗者とは……一八五
敗走の……二〇一
敗北の……一四
培養室に……一六六
バオバブの……九三
白炎を……二一六
白銀の……二五七
白日……三五二
バグダッドは……二六三
薄明に……二四八
薄明の……一九五
はじめての……一四
走り去った……二〇四
はしりつづけ……一〇四
走りぬける……一四七
裸木に……三一
旗ひるがえり……一〇二
旗を捲き……一八五
鉢植えの……一五六
八月の
―あれは本当……三三五
―切子硝子の……九九
八月は
―群青の空を……三三五
―尖塔の……一九二
―冷たく沈む……五〇
八角の……三四四
ハッカの匂いの……一九・三五二
はっきりと……二六七
八方に……二四七
はてしない……一〇三
鳩一羽……一四
鳩があゆみ……三三
鳩の群れる……二〇七
鳩を喰べる……一三三
華討たせた……九五
花が咲く……一三四
花ぐもり……三三七
放されて……四六
はなしがたい……二七
花たちの……六九
花たちは
―乾き咲きつぎ……六八
―まだ蘇っては……六九

—もう笑っては……六八
花どきに……二九五
花と花
—首からませて……一〇二
—つづく鉄片……一一〇
花の多い……二三
花は真白に……二〇三
はなびらが……二六八
花びらを……二〇八
花吹雪く……二六三
花野菜……九六
花屋では……二二二
花を泣かせ……二二三
花をまく……四三
薔薇をもて……三四四
はばたいて……五六
姑のこと……二六九
姑はまだ……二六九
母を知らぬ……二五
はやりうた……一〇七
バラ色の……七〇
薔薇おちて……二四
バラの実の……一八
はらばいの……五五
はらはらと
—花弁はたえま……一五八
—死語立ちあがる……二四九
薔薇を喰べ……一五八
バランスを……三三六
針のない……六五
はるかより
—地鳴りきこえる……二〇一
—棉花の棉毛……一五七
春きらめき……二〇八
バルコニー
—ひかるビュッフェの……五八
—日除けの下で……一九・三五一
春という……二九一
春の胸に……二四三
春　幻とも……三三二
パルムより……一六八
ハレルヤ……六四
半円型の……一五〇
半開の……二九〇
晩夏ここより……二一九
晩夏の野……一四一
反逆者……三五六
反逆者を……三五六
反戦歌……七一
パン種の……一五〇
半島が……五六
半透明の……四六

〔ひ〕

ピアニシモで……四〇
東……一九一
日が反射る……二一九
ひからびた……二〇
光り魚……三〇
ひかりつつ……八二
光りつつ……一〇九
光で浸す……一三三
光り放つ……一二七
ひかる塩……三五
曳かれゆく……五一
彼岸、此岸、と……三三三
ひきさかれ……六六
ひきたての……三四
ひき潮を……一三三
日ぐれ近く……一四二
鼻孔より……一九六
久方の……二九四
ひざまずくは……一二五
氷雨……九六
ひざを抱き……一九四
飛翔する……一一〇
ひそやかに
—近づくはなに……一〇七
—背後を通り……二〇七
ひたすらに
—歌いつつゆく……一六一
—春が待たれる……一九三
—船旅を恋う……二七六
—夜をかけぬけ……二六四
ひたひたと
—水が寄せくる……三三一
—水が寄せてくる……二八七
—水満ちきたり……二一四
日だまりに……二七二
左肩
—いためしままに……二四
—下げての速い……一七・三五〇
左舷……二
びっしょりと……二二
びっしりと
—胸壁をうめる……二七二
—花集積す……一三七
ひっそりと
—裡に沈める……六〇
—お前は話し……五五
—初夏の樹下……一八六
—わたしは影の……一〇八
人影とも……二〇一

ひどく暗い……二〇一
ひとしきり……一六九
一筋の……一三五
一つずつ……一八八
一つの死……一〇三
ひとつ又……一六八
人ねむる……二一七
ひとびとは……一八二
人々は……一二四
ひと一人……二五二
一群の
—ダリア咲け西に……四九
—ヒイスが風に……六七
ひとりのせて……二〇
ひとりの胸に……一三〇
避難所が……二三三
微熱もつ……二六七
日のあたる……二五四
火の匂い
—かすかに届く……二六七
—ふとなつかしき……二二五
日は移り……二六五
日はかげり……一八七
ひばりから……一八七
ひまわりの……二九
百駄の荷……一五三
ヒヤシンス……二四六
病院の……二六九
氷河期の……三一
標的は……六一
病棟も……二八三
ひょうひょうと……九五
病廊も……二八四
開かれた窓の……二〇五
ひらひらと……三一
昼月は……二四八
ビルの角……三二
ビルの壁……三五五
昼ふかし……二一〇
微量の藍を……二六六
ビロードの……五一
ひろげたる……二七三
日をかさね……二五七
灯を消した……一五五
灯を消した後……六五
陽を背負い……三二

［ふ］

ヴァイオレット……九八
不安なる……二三六
ふいに肩……二七三
不意に手を……四一
フィレンツェの……一八四
ブーゲンビリア……四七
風変りな……一四七
風紋を……一三三
不穏なる……二二一
深い祈りに……一〇八
深いところ……三四八
ふかぶかと……一四三
吹きあれて……六二
吹き流しの……二〇四
腹腔の……六七
不幸という……三二一
不思議そうに……五四
不死鳥の……一五三
二人とは……二九三
二人のための……九二
ぶつかりあう……三四八
ふつふつと
—たぎるなにかを……一〇七
—わが魂の……一六八
ふとある日……二九五
ブドウ酒色に……二〇
ぶどう畑に……一七八
ふと君が……二九四
ふとのぞく……二〇〇
舟唄は……一三一
舟が川を……一九二
冬かげり……一九〇
冬ごもり……二八五
冬という……三三八
冬の寓話を……一二四
冬の芯……一六二
冬の雷……二六一
無頼なる……二二一
ブラインド……三二
フラスコの……一〇四
孵卵器が……四五
ふらんすの……一九
振りかえる……二四二
ふりしぶく……二二四
ふりむかぬ……一八三
ふりむけば
—ひとはけの紅と……一八二
—茫々と茂る……二〇〇
振りむけば……一四三
不猟の夜……三一
ふるえつつ……一五八
ふれあえば
—意外にさむき……二六五
—消えてしまうと……二一〇
フレームに……二五一

ふんすいの……七一

［へ］

塀外で……二六九
ヴェネチアの……一八四
ベゴニアが……二九六
ベゴニアの……二一四
べったりと……一九五
ヘッドライトが……三〇
ベトナムの……一六七

［ほ］

方形の
―金網の中の……一一〇
―闇　方形の雪……一〇六
放射状に……一一三
抛物線の……一四六
ほうほうと……二四七
ポーカーの
―チップかけつみ……一四三
―点取り表と……三五三
ポーランドは……二一七
ポオの猫……九一
ほおをはさむ……一二七
北欧の……二三五
牧師館……一七九
僕たちに……九四
僕たちは
―今生きている……一三六
―汽車にのらない？……一三五
北面に……二六二
保護色を……四五
欲しきもの
―暑すぎずまた……二八〇
―一脚の椅子……二八〇
―先のとがった……三三六
―小さなハサミ……二八〇
―やわらかき靴……二八〇
―夢をみないで……二八〇
歩哨立つ……一九七
細いズボン……二九
細長く……四二
螢とぶ……二六六
墓地白く……二五四
ぽつねんと……一八二
ほつほつと……二九五
歩道橋の……二五六
鋪道ける……三四七
鋪道にビルの……二一四
ほととぎす……二九二
ほの暗い……二一四
帆柱が……二一七
墓碑名が……二〇〇
ほほひげの……一一五
ボルドオの……一一七
ほんとうはと……二六三
ほんのわずかに……一一一
ぼんやりと……一九四
帆をさげた……九八

［ま］

マイナスの……一四七
真上には……一八七
まがまがしい……三三二
曲がれば海が……二三三
まきついた……一一三
マクベスの……一一七
マクベス夫人の……一一五
まざまざと……二七八
まじまじと……二五二
魔術師は……一九〇
まだここに……二六四
待たされた……一四五
また出あう……一五三
また夜は……一一六
街角の……一八四
街角を……三四八
待ちつづけ
―彼らは風化……九二
―ねむるわたしの……一〇〇
街には……二〇五
街の中に……七〇
街は葬送の……九六
まっ白な……一一五
まっ白に……四二
まっすぐに
―十一月の……一一四
―のばされた掌を……四〇
待っている……九二
待ってみた……五二
窓外を……二四九
窓のむこうで……二〇五
眼裏に……二七九
眼底に
―蝶のとびかう……二六一
―百万本の……二〇九
眼底の
―川の流れが……一四一
―夜をひそかに……一三三
眼底を……二三五
真夏……四三

マヌカンは……九八
まひる……一二七
まひるまの……一二一
真昼とは……一九七
真昼間に……二四四
幻の
—花の店より……四四
—街にさまよい……二三三
幻を……一五四
ママ　なぁに……五四
ママ人形……一八
まみれるほどの……二〇六
磨滅した……六九
真夜中の
—屋上の時計……一一七
—鏡の奥に……二〇四
マリアより……一七九
まるまると……一七九
まわりこむ……一九八
まんじゅしゃげ……一四九

［み］

みあげれば
—海を想わす……二七
—天窓のむこう……九七
見上げれば……一八一
視えざるものを……二七〇
視えるものと……二六八
右肩が……二四
右肩を……三七
右に首……一六一
右左……三四七
右頬あつく……二三四
ミサ終えし……二六五
ミシエル……一三一
短く笑う……三二
見知らぬ街は……二三二
自らが……三三一
自らの……二九〇
水と月の……一一七
水に浮く……二五四
水のように……五一
店はみな……六三
みたことも……二三五
乱れ咲く……二三六
乱れた文字の……三三五
密雲の……二五七
蜜月の……四三
蜜蜂は……二六八
みつめあう……一一三
蜜を含んだ……二四六
緑色の……一八〇
水底は……一四二
南……一九一
みのりの果樹よ……二二五
見はらしは……二二二
耳底に……一三六
耳をすますが……二〇二

［む］

むかいあい……三七
むかい風
—貨物船　こぼれた……二三三
—さけるしぐさが……二三一
向い風
—乳母車押す……五四
—追い風と共に……三一七
向い風に……二九二
むきあえば……一四〇
麦畑……六五
むぎばたけの……二〇
武者人形の……一二八
麦　ひばり……一八七
むずかるは……一七九
無責任……二四〇
ムチならし……一三九
鞭をならし……一一八
むなしくも……二五一
胸一杯……三四七
胸いっぱいに……二三四
胸の高さに……二四八
胸をさく……六七
無能なる……二〇九
無防備に……一四六
紫に
—かげるめがねを……一八九
—けぶる朝あけ……二五八
村　しかし……一九一
群鳥は……二八一
群鳩の……一八二

［め］

目があえば……二八四
めくれ上がる……一一七
めざめれば……一一八
めずらしく……二八三
珍しく
—一人で過ごす……二七五
—夜空をさいて……三三三
—留守電になって……二八七
メダル投げ……三五〇

目のくらむ……三三
目の前を……二七八
メフィストに……一八・三四六
めまいの如く……二六
目も口も……二三七
目をあげて……三三六
目をさます……三四九
目を閉ざしては……二〇六
目をとじて……二九九
目を閉じて
―いたい日がある……三三四
―聞け冬野より……五二

［も］

もう　行ってしまうのか
……六六
もういない……三三
もう十一時……三三〇
もうすっかり……二九四
もうどうにも……三三九
もう二度と
―開くことのなき……二四九
―風もさそわぬ……三五四
もう桜花も……二八二
網膜に……一八八
盲目の
―意志をもちたる……二六六
―巡礼が一人……一四二
―少年　馬を……三五
―鳥がねむりを……一五一
―鳩いとおしむ……一四三
もえさしの……一五四
もえながら……六〇
燃える雲……二六
燃える瞳で……三六
モールスの……一五五
もがくだけ……三三六
木星軌道の……一四九
木造の……一九九
もしもしと……三三
もしや翼を……二九一
もたれあい……六八
もつれあい……二三
もてあます……二八一
モデルシップ……二三
モネの蓮……五七
藻のごとく……六二
モビールの
―鳥影の翼の……四四
―ヨット数隻……一四八
樅の木が……六三
木綿の産着が……二〇四
靄に散る……六四
靄深く……三一
森　真昼
―黒き樹立を……二七六
―ときおりあがる……二七七
森　真冬
―それから雪が……二七四
―橇が走って……二七五
もりの先の……三〇

［や］

やがて雨……一三九
やがてくる……三一
灼かれつつ……二〇七
約束を……六三
野犬狩りの……一四二
夜光虫……二一
ヤコブの店に……一八〇
やさしく雨は……七〇
やせた花が……九六
やっとあなたを……二九七
山裾から……一九二
山鳩が
―あなたの喉の……九三
―啼くのは夢の……二六四
闇にボルガの……二五六
闇にまぎれ……一六二
やみに視る……一六八
闇のむこうに……二五三
闇はいま……一八八
闇を恋う……二四三
闇を待ち……一五二
病める夏……三一
やや暗い……一〇六
やりがいの……二五六
やわらかく
―降りつぐ雨も……二八二
―芽キャベツ煮えて……四二

［ゆ］

幽暗の……一三
夕顔の……二六八
夕光を……一五九
夕暮を……一四六
夕景の……一六三
夕景を……二八九
友人は……三三一
雄大な……二八
夕日雲……一三〇

郵便夫
—走りつづけて……九八
—バラ垣の家を ……二三五
夕靄は ……一一七
夕闇に ……二六三
雪女……九九
ゆきすぎる ……二五九
ゆきずりの ……一八九
行きずりの ……三四九
雪の前……五二
雪は降る……三七
雪降らば ……一八四
雪充たし ……二七八
行く先の……一七・二四五
ゆくたびに ……二四七
湯気のたつ……六七
ゆけばとて ……一九七
ゆっくりと
—恋唄流す……二〇・三五二
—刻のすぎゆく ……一六六
—花散りはじめ ……二六三
—花のワゴンが ……一七九
—駱駝が脚を ……二四六
—鰐の反転 ……二一一
ゆったりと
—語るほかなし ……二九二
—鳥はみごもる ……一二三
ゆで卵 ……三三三
ユトリロや ……二三八
油のごとく ……一九四
夢の深みに ……一一〇
夢をみた ……二一〇
ゆらぎつつ
—すれちがう彼ら……九五
—われは立ちおり ……二四七
揺られつつ ……二五五
百合が咲く ……二六四
揺れやまぬ ……二六〇
ゆるやかな ……二八二
ゆるやかに ……一八九
湯をはねる ……二一八

［よ］

夜明け方 ……一九六
夜明け前 ……二九
酔いしれて ……二七九
ようしゃなく ……一四五
ようやくここまで ……二九七
浴槽に……五一
欲望の ……一六二
よこぎれば……七二
〈汚れた手〉 ……四一
汚れた星が ……二三九
汚れつつ ……二九〇
よじれつつ ……一一二
寄せてくる ……二二五
四つ角に ……一五二
よみがえる……五〇
夜が匂う ……一四五
夜ごとに ……一一六
夜の底を ……一五〇
夜の中 ……一四四
夜の波 ……二五八
夜はいま ……一四五
夜を背に ……一八一
夜を聞く……二一
呼んでいる。 ……三五五

［ら］

ライ麦の ……一八〇
ライラック
—けむって午後は……五三
—けむる季節に……五六
烙印を……四〇
落日下 ……一六七
落日の ……一九
落日よ……二〇
卵黄を ……三七

［り］

リア王が ……二五八
旅行者は ……一九二
流星を ……三三〇
竜涎香 ……三五〇
流氷の
—あいだから風は……四三
—きざしに息を……五八
両腕が ……二三五
両腕に ……二〇八
両腕を ……三三
両岸が ……一九五
両瞼を
—閉じた視界に ……一三七
—とじれば川の ……一七八
両翼を ……一六二
両脇に……七一
緑陰に ……一二九
燐光を ……二八一
林道に ……二五二

［る］

累々と……一五六

［ろ］

ろうそくの……三九
ローズシャトウ……一〇二
六条の……二四九
ロシアひまわりの……一一五
ロックして……一九一
ろばのごとく……一三三

［わ］

猥雑な……一八九
わが怒りも……二九〇
わが意識……二五〇
和解する……二七四
わが裡の
―記憶の夏を……二五一
―青年もいつか……一三三
わが裡を……二四一
わが想い……二二三
わが影の……一四〇
わが眼下……一五五
わが記憶……一〇七
若きらは……三三五
わが系譜……一〇〇
わが荒野……六〇
わが視野の
―霧ひらかれて……一一三
―とおい地点を……一〇一
わが旅も……二四三
わが廃墟……一二〇
わが部屋に……一九八
わが窓を……一八九
若者の……三六
若者は
―あのフルートを……一九
―ひそかにてれて……三五六
―船出を今日も……三五一
わが森に……一三一
わが森の……一二四
わが夢は……三一九
わが流人……二五八
鷲のいる……一六〇
わずかな……三二八
忘れていた
―潮の匂いを……二〇四
―わが一隅に……一二八
忘れれば……二九八
わたくしを……三三五
わたしの木……六五
わたしはどこに……三三三
「罠」ありと……三五六
わらわれて……二五
我がもし……三三四
われとわが……一八・三四六
われにうた……二四三
われはいま……二七六
われらいま……一〇〇
われら今
―かぐわしくあれ……一二七
―幻の海……六六
われら裡に……六五
われら聞く……五七
われら火を……一一〇
われら待つ……七二

筒井富栄全歌集

2016年10月27日　初版発行

著　者──筒 井 富 栄

著作権継承者──村 田　　馨
〒157-0062
東京都世田谷区南烏山 3－23－14

発行者──宇田川寛之

発行所──六花書林
〒170-0005
東京都豊島区南大塚 3－44－4　開発社内
電 話 03-5949-6307
FAX 03-3983-7678

発売───開発社
〒170-0005
東京都豊島区南大塚 3－44－4
電 話 03-3983-6052
FAX 03-3983-7678

印刷───相良整版印刷

製本───武蔵製本

定価はカバーに表示してあります
ISBN978-4-907891-20-6 C0092